怪物大師人物介紹

BUBURO
布布路

從小與守墓人爺爺一起生活在墓地，因為父親的各種負面傳言，一直受到村裏人排擠，但布布路從不自卑，內心深處相信自己的父親是一位了不起的人物。為了實現自己的夢想以及尋找失蹤父親的消息，他毅然離開家鄉，前往摩爾本十字基地，參加怪物大師預備生的試煉。

關鍵詞：單細胞動物、樂觀、熱血

SELINA
賽琳娜

出生商人世家的大小姐，卻一點都沒有大小姐的架子；與布布路一樣來自「影王村」，個性豪爽，有點驕傲，對待布布路一視同仁，從不排擠他，只因為她更在乎的是推廣家裏的生意。賽琳娜的目標是收集世界上所有類型的元素石，並熟練掌握這些元素石的運用。

關鍵詞：大姐頭、敏捷、愛財

DICKY
帝奇・雷頓

臉上總是掛着陰沉表情的瘦小男生。帝奇的存在感薄弱，不注意看的話就找不到人了，但是他身邊跟着一隻非常招搖拉風的怪物——成年版的「巴巴里金獅」。對於是非的判斷他有自己的準則，不太相信別人，性格很「獨」。

關鍵詞：豆丁、酷、毒舌

JIAOZI
餃子

在去往摩爾本十字基地的路上，勾搭認識上布布路，戴着狐狸面具，看不出喜怒哀樂，從聲音來聽，似乎總是笑嘻嘻的，高調宣揚自己身無分文，賴着布布路騙吃騙喝，在招生會期間對布布路諸多照應。

關鍵詞：狐狸面具、神祕、圓滑

冒險、正義、財富、祕寶、名譽……

富有志向的人們啊，

用心發出聲音吧，

召喚那來自時空盡頭的怪物，

賭上所有的「夢想」、「勇氣」、「自尊」，甚至「性命」，

向着成為藍星上最傳奇的 ——怪物大師之路前進吧！

—— 《怪物大師》題記
MONSTER MASTER

【目錄】CONTENTS
《雲海國的魚龍公主》

Especially written for kids aged 9 — 14（專為9-14歲兒童製作）

- 【扉頁彩圖】ART OF MONSTER MASTER
- 人物介紹：布布路 / 賽琳娜 / 餃子 / 帝奇

MONSTER MASTER
「怪物大師」無盡的冒險
The Fishdragon Princess of Cloudsea Kingdom

怪物大師最愛珍藏

SECRET GAME
MONSTER WARCRAFT
（隨書附贈「怪物對戰牌」）

穿透文字的「堅強」與「感動」！

DREAM　ADVENTURE　COURAGE　FRIENDSHIP

夢想＋冒險＋勇氣＋友誼

「怪物」與「人類」、「勇氣」與「挫折」、「信仰」與「背叛」、「戰鬥」與「思考」……是心靈的冒險，還是意志的考驗？
請與本書的主人公一同開啟奇幻之門，一起去追尋人生中最珍貴的夢想吧！

把世界的謎團串起來！
MELODIES OF LIFE

這裏是獨一無二的腦細胞幻想地帶，孩子們其樂無窮的樂園。
每部一個練膽故事，它們以神祕莫測的魔力，俘虜着人們的好奇心。
有人說，唯一的抵抗方法，就是閱讀——
請翻開這本書吧，讓人心動的世界正在向你招手……

愛 與 夢 想 的 「 新 世 界 冒 險 奇 談 」 ！

引子

CREATED BY LEON IMAGE
LOVE & DREAMS

MONSTER MASTER 8

失樂園之歌
MONSTER MASTER 8

吟唱吧！這是英雄的傳説！

歷史的洪流在百年輪迴間重臨琉方大陸，

藍色滿月懸空之時，

天之彼端的故事方才開始——

不要害怕！不要畏懼！

英雄啊，請你飛越深重的黑暗，

跨過縱橫飛嘯的電光，

穿過震耳雷鳴的迴廊，

突破生與死的界限，

推開這道命運之門，

踏上那座夢幻的蔚藍飛島——「恆空之都」吧！

追尋着幸福與自由的人啊！

美麗的樂園啊，即將消逝，

從此無歸處，

從此無歸處。

吟唱吧！為了樂園中的人們，

請用勇氣和正義唱完最後一支守衞之歌！

只要善良之心存在，恆空之都必將永不毀滅！

雲海國的魚龍公主

MONSTER MASTER 8

新世界冒險奇談

第一站 STEP.01

馬戲團的鎮團之寶
MONSTER MASTER 8

絕密綵排！幻海之星馬戲團

　　這是一個晴朗的冬日正午，北之黎的上空無端飄來一朵形狀詭異的雲，天空像被魔鬼的大手遮住一角，壓抑的日光中透出幾許不祥之兆。

　　在繁華之都最東邊的一條狹長暗巷裏，幾個面目猙獰的人兇巴巴地將布布路和他的三個同伴逼到角落裏。

　　撲哧──成為靶子的布布路卻不自覺地笑出聲來。

　　眼前這幾個人長得實在是太滑稽了！領頭的胖子身材矮小

如同侏儒，一對眯着的綠豆眼，嘴脣厚得像肥腸，高高凸起的肚子幾乎要把衣服撐破；左邊的巨漢壯得像座小山，健碩的肩膀上長滿小指般粗細的古怪肉刺；右邊的鬍子大叔瘦得像根竹竿，肩上一長排鋒利的飛刀讓他整個人看起來頭重腳輕、搖搖欲墜；站在最後的是個打赤膊、穿着寬鬆吊帶褲的小丑臉，誇張的妝容讓他舉手投足都充滿喜感……

布布路樂不可支，他身後的三個同伴可沒這麼好的興致。知識淵博的大姐頭賽琳娜、見多識廣的餃子以及賞金王家族的繼承人帝奇跟沒見識的布布路不一樣，他們心照不宣地互看了一眼：這幾個奇形怪狀的人不像是琉方大陸上的人，他們究竟是甚麼來頭？

「臭小鬼，我是大名鼎鼎的愛克斯團長，還不趕緊向我低頭認罪！」為首的矮胖子威脅地揮了揮手裏的皮鞭，惡狠狠地恫嚇道，「竟敢偷看本團的絕密綵排，真是膽大包天，看我今天怎麼教訓你們！」

「甚麼絕密綵排？」布布路興沖沖地瞪大雙眼，選擇性忽略愛克斯團長的威脅。

「閉嘴，都怪你！」賽琳娜狠狠地拍了布布路一掌，小聲嘀咕道，「我們根本甚麼都沒來得及看嘛。」

「誰稀罕看！」帝奇不屑地翻了個白眼。

「各位大哥，有話好商量啊！」餃子滿臉賠笑地說。要知道，怪物大師預備生如果在摩爾本十字基地所在的北之黎鬧事，可是要被加倍懲罰的。

「布魯布魯！」一隻髒兮兮的紅色短毛怪物在一旁唯恐天下不亂地大聲亂叫。

嗚嗚，餃子臉上賠着笑，心裏卻在流血，天知道這個愛克斯團長說的「絕密綵排」是甚麼東西！他們可一點兒都沒有偷看的意思啊，都怪四不像那個愛惹麻煩的蠢怪物……

一個小時前，布布路四人奉須磨導師之命去採買食材，可大家剛一進入市集，四不像就溜得無影無蹤。不用想，這隻貪吃的怪物一定又到哪兒去偷吃霸王餐了。

四人搜尋了多家餐館，終於在市集中心一座華麗的大帳篷一角發現了一團像是沒洗乾淨的紅色雜毛，那正是永遠視主人為空氣的四不像！只見它上半身全都探入帆布內，高高撅起的屁股在帳篷外有節奏地翹動着。

律動的音樂從帆布內隱隱傳出，帳篷裏面好像很熱鬧的樣子。布布路使出吃奶的勁兒也無法把四不像拖出來，反而還被它的後爪踹了個四腳朝天。出於好奇，布布路四人也將頭伸進帳篷，想看看裏面到底有甚麼東西深深吸引了四不像。

哪知道剛把頭伸進去，就聽呼啦一聲，一羣怪人從帳篷裏面氣勢洶洶地衝出來，將布布路四人堵在帳篷後的暗巷裏，一口咬定布布路他們偷看了所謂的「絕密綵排」……

在餃子的好言勸說下，那個愛克斯團長收起暴怒，瞇着眼，貪婪的目光依次滑過餃子的狐狸面具、賽琳娜身上價值不

菲的手工獸甲、布布路背後的晶石棺材以及帝奇手中閃着寒光的五星鏢⋯⋯

最後，愛克斯團長轉動着綠豆眼，一臉狡詐地說：「我也不是不講理的人，你們一人拿一件身上最值錢的東西出來，就當是偷看絕密綵排的票價吧⋯⋯」

愛克斯團長話音未落，一道寒光朝他射去。

帝奇甩出一枚五星鏢。以前，這招一出一定會讓對方嚇破膽，但出乎意料的是，對方陣營中那個高高瘦瘦的鬍子大叔揮動起兩隻細長的手臂，不僅輕鬆地接住五星鏢，還反手射出五把飛刀，以流星之勢刺入布布路四人身後的雜物堆裏。

居然還有使暗器不輸帝奇的傢伙！布布路三人大吃一驚。

「不知死活的臭小鬼，別說你們，就連摩爾本十字基地的尼科爾院長遇到我們幻海之星馬戲團也要忌憚三分！」愛克斯團長趾高氣揚地叫囂着。

幻海之星馬戲團！除了布布路，另外三人全傻眼了。

那可是藍星上最具聲望的怪奇馬戲團！它彙集和網羅了藍星上各個種族的奇人怪物，每隔五年才來琉方大陸表演一次，演出人們聞所未聞、見所未見的新奇節目，最讓人翹首以待的是，每一次演出都會在尾聲部分推出一個震撼人心的壓軸大戲，將全場氣氛推向高潮。

這一次幻海之星要來北之黎表演的事，早就傳得沸沸揚揚了，首場的門票被黑市炒成天價，即便如此，依然供不應求。依照幻海之星馬戲團的規定，在首場演出開始之前，壓軸大戲的

內容是對外嚴格保密的，泄密和偷窺者都將受到嚴懲！所以近一個月來，所有人都在熱烈地討論、猜測着今年的壓軸大戲是甚麼，地下賭場裏甚至開出賭一賠百的高額誘惑。

餃子三人心裏不由得泛起陣陣苦水，他們不會那麼倒霉，剛好闖入絕密壓軸大戲的綵排現場吧？雖然他們是千真萬確甚麼都沒看見，但是怎麼才能解釋得清楚？萬一這事傳回十字基地，不僅之前辛辛苦苦攢下的學分全都泡湯，他們還要承受額外的嚴酷懲罰！

餃子擔心地擠眉弄眼，暗示大家千萬要隱瞞身份，賽琳娜和帝奇暗暗點頭。但下一秒，餃子的算盤落空了——

布布路一臉驚喜地問：「噢噢噢，原來你認識我們院長啊！不過，馬戲團是做甚麼的？」

嘩！此話一出，不光餃子三人，就連對方陣營裏的傢伙們也都吃驚得下巴掉到了地上。布布路這個笨蛋用上半句話暴露了身份，又用下半句話暴露了智商！

賽琳娜頭痛地看着布布路，唉，沒辦法，這傢伙從小到大都住在影王村的墓地裏，被全村人孤立着，沒見過大世面，也沒參加過甚麼娛樂活動，「馬戲團」這種詞對他來說確實是「生僻」了點兒。

餃子無計可施之下乾脆裝傻，手搭涼棚看着天：「愛克斯團長，你看，好大一朵烏雲！」

「等等！」愛克斯團長全然不理會餃子的聲東擊西，警覺地從布布路的話中捕捉到有用信息，「你們是摩爾本十字基地的？」

「呃，不瞞你說，我們的確是摩爾本十字基地的怪物大師預備生……這一位就是獅子堂！」眼看瞞不住了，餃子眼中閃過一絲精光，迅速將偷窺的罪名栽贓嫁禍給有權有勢的精英隊，並攬着布布路的肩頭熱情地介紹道，「他的爺爺想必各位都知道，就是怪物大師管理協會的領導人，大名鼎鼎的獅子曜閣下！」

「我……嗯……」布布路開口想否認，嘴巴被大姐頭一把捂住。

就這樣，儘管不屑餃子的做法，但他們每個人都被迫擁有了一個新身份：布布路是獅子堂，賽琳娜是十三姬，帝奇成了朔月，餃子成了阿不思。

「團長，那四個人可是名門之後啊，可他們看起來根本不像！」鬍子大叔狐疑地說。

不好，被懷疑了，不會被當場拆穿吧？餃子心虛地想。

「你懂甚麼！」愛克斯團長一拳砸在鬍子大叔頭上，數落道，「愈是身份尊貴的人，外表愈謙卑低調。」說到這裏，他一改凶神惡煞的模樣，衝四人露出令人直冒雞皮疙瘩的笑容，「誤會，誤會！我就說嘛，各位儀表堂堂，怎麼會偷窺呢？為彌補剛才的過失，我現在正式邀請四位作為幻海之星馬戲團的座上賓，提前一睹絕密壓軸大戲！」

提前觀看絕密壓軸大戲！這突然而來的驚喜讓布布路四人臉上全寫滿了興奮和期待。

「布魯！」四不像早已像一陣風似的衝進帳篷。

奇 跡公主！傳說中的魚龍族

一踏進帳篷，大家就被五顏六色的內部裝飾吸引住了：奪目的石榴紅，炫麗的葡萄紫，扎眼的檸檬黃，在跳動的燈光的襯托下，一切都彷彿是夢幻的海洋！

當然，最吸引人眼球的還是在馴獸師帶領下陸續登場的奇怪生物，它們才是這座「幻海」中真正的明星！

「爆爆魚、雙頭靈雀、藤尾犬……天哪，這也太大手筆了吧！」賽琳娜驚訝得嘴都合不攏了，「別的馬戲團哪怕有其中一隻都是鎮團之寶了，幻海之星居然有這麼多珍貴物種！」

「那當然，」愛克斯團長驕傲地說，「只有世界上最罕見最稀缺的名貴物種才能登上幻海之星的舞台！」

「噢噢噢！真了不起！」布布路眼睛都不夠用了，一邊讚歎，一邊死死地拉住四不像，防止它把那些名貴物種當成美味大餐吃掉。

「這些名貴物種一定值不少錢吧？」餃子心裏不住地盤算着。

「這算甚麼？」愛克斯團長得意地擺着手，「這些生物的價格加起來還不及我們鎮團之寶的十分之一！」

「鎮團之寶？」布布路好奇得瞪大眼睛，四不像的口水嘩啦啦地流了出來。

「切！」帝奇黑着臉，還在為剛才暗器被擋住一事耿耿於懷。

「愛克斯團長，您說的鎮團之寶莫非就是今年馬戲團的絕密壓軸大戲？」賽琳娜問道。

「沒錯!」一提到鎮團之寶,愛克斯團長壓抑不住內心的激動之情,渾身的肥肉晃動着,「這個寶貝超越了幻海之星馬戲團歷年來所有的壓軸大戲,它的存在簡直是一個奇跡,它的公之於世必將改寫藍星的歷史!」

「這麼神奇?」賽琳娜驚歎着。自從成為怪物大師預備生,大家經歷了不少冒險,也見過不少奇人怪事,但還沒有甚麼是能改寫藍星歷史的。這個愛克斯團長會不會是誇大其詞了?

「愛克斯團長,不知我們甚麼時候可以一睹貴團鎮團之寶的風采啊?」餃子搓着手,眯着狐狸眼笑着說道。

「好想看,好想看!」布布路熱切地附和着。

愛克斯團長詭祕地笑笑,清清嗓子,神祕兮兮地說:「下面,有請我們幻海之星馬戲團的壓軸大戲 —— 奇跡公主登場!」

燈光唰的一下暗了。

嚓!一道光柱不偏不倚地打向舞台的正中,一隻巨大的玻璃魚缸出現在大家眼前,微微盪漾的冰藍色水波中,一個婀娜瑰麗的身影若隱若現。

那是一個美麗的少女,精緻的五官,飄逸的長髮,頭上長着珊瑚般飽滿的觸角,可少女的下半身卻不是人類的雙腿,而是一條長長的魚尾,輕輕搖曳的魚尾上鱗片流光溢彩,將整個魚缸映照得五光十色。

「長着魚尾巴的……大姐姐?」布布路不知不覺放開手中的四不像。四不像躍到棺材上,伸長脖子,瞪着銅鈴般的眼睛看向魚缸。

「我從來沒見過這樣的生物！」賽琳娜震驚地說。

「莫非這是……」餃子若有所思地摸着下巴。

「這不可能！」帝奇發出不可思議的慨歎。

「這就是我們的鎮團之寶，」愛克斯團長鼻孔朝天地拍着魚缸，炫耀地說，「只有在我們幻海之星馬戲團才能看到的奇跡公主——魚龍公主琪琪。」

「魚龍公主？」布布路的目光完全被吸引住了。

「布魯！」四不像的眼睛也瞪得更大了。

「相傳，魚龍是藍星上最古老的物種，是人類、魚類和龍族的祖先。他們生活在天上的龍宮裏，黑市售價高達數億盧克，但是千百年來從來沒人見過他們，因為人們連天上到底有沒有龍宮都不知道！」餃子從記憶中翻找出一些和魚龍族有關的信

息，小聲說給大家聽。

「不管天上有沒有龍宮，反正想看魚龍只能來我們幻海之星馬戲團！琪琪，快為這些尊貴的客人展現一下你優美的舞姿。」愛克斯團長得意揚揚地大笑起來。

琪琪懨懨地縮在魚缸的角落裏，渾身瑟瑟發抖，水汪汪的大眼睛透出濃濃的悲傷和無助。

「廢物！聽不懂我的命令嗎？」愛克斯團長見琪琪不聽他的指揮，惱羞成怒地躍上魚缸，手中的皮鞭狠狠揮下，琪琪光潔的後背上赫然出現一道深深的血痕。

琪琪的魚尾抽痛地痙攣着，大滴大滴的眼淚從她蔚藍色的雙眼中滾落。她可憐巴巴地看着布布路他們，嘴巴一張一合地翕動着，似乎在向大家哀求着甚麼，可她口中只是吐出一串串水泡，發不出一絲聲音。

「不知道她想說甚麼。」賽琳娜心疼地看着可憐的琪琪。

「胡說八道，她根本就不會說話！」愛克斯團長的肥腸嘴難看地一張一合，「她不過是隻動物，這東西可狡猾了，就會偷懶，一定要用馴獸的方法馴服她，不能對她客氣！」

「住手！」眼看愛克斯團長又要動手，布布路一把握住愛克斯團長的鞭子，振振有詞地反駁道，「你剛剛還說魚龍是人類、魚類和龍族的祖先，你怎麼能這樣對待祖先呢？」

「祖先？誰知道是真是假？你們看清楚，這只是一條……稍微貴重的魚而已！再說，她屬於幻海之星馬戲團，怎麼處置由我這個團長說了算！」愛克斯團長揮了揮手，不陰不陽地下逐

客令，「希望幾位名門之後多多體諒，我也是為了馬戲團明天的演出，一整團人都要靠琪琪餬口呢！時間不早了，各位，恕不遠送！」說完，他又舉起了手中的鞭子。

布布路、賽琳娜和帝奇要衝上去阻攔，卻被餃子按住。

「謝謝您的招待，那我們就先告辭了！」餃子跟愛克斯團長賠了個笑，不由分說地將三個同伴拉出馬戲團。

「他憑甚麼那麼對琪琪，太過分了！」一離開馬戲團，賽琳娜就忍不住釋放心裏的憤怒。

「我們一定要去把琪琪救出來！雖然她不會說話，但是我能感覺到她在向我們求助！」布布路十分肯定地說。

帝奇飛快地轉着手裏的飛刀，很顯然還想回馬戲團較量一番。

「大家都冷靜一點，跟他們硬碰硬對我們沒好處，」餃子面具下的狐狸眼睛轉了轉，換了個語調說，「所謂『攻其不備，出其不意』，我們等晚上再來，我想到了一條妙計⋯⋯」

「有妙計？太好了！」布布路摩拳擦掌，好不興奮。

雲海國的魚龍公主
MONSTER MASTER 8

新世界冒險奇談
第二站 STEP.02
拯救魚龍公主
MONSTER MASTER 8

夜間戰術，營救琪琪大作戰

　　夜幕降臨，音樂轟鳴的馬戲團帳篷內漸漸安靜下來。

　　漆黑的暗巷裏閃出四個身手矯捷的身影。為首的餃子躡手躡腳地溜到帳篷前，撩起帆布的一角，藉着朦朧的月光，他看到帳篷內的怪人們才剛剛睡下，有幾個還在不舒服地翻着身。

　　餃子扭過頭，小聲吩咐三個同伴捏住鼻子，然後鬼鬼祟祟地從貼身的口袋裏掏出一個小袋子，將裏面的白色粉末一股腦兒全都撒到帳篷內。

　　粉末變成白色的氣體，瀰漫到帳篷的各個角落，鑽進每個人的鼻孔裏。很快，帳篷內鼾聲雷動，愛克斯團長的口水流了一地。不光是人，就連那些珍奇生物也都沉沉地睡去了。

　　「成功了！」賽琳娜高興得跳了起來，「科娜洛導師的發明真了不起。」

　　「嘿嘿，這種事做起來當然要『省力、高效、快捷、不留痕跡』，簡直就是完美無缺啊……」餃子得意地說。

　　「要快就別廢話！」帝奇不耐煩地打斷他。

　　四人小心地繞過橫七豎八躺倒一地的馬戲團成員，靠着布布路非凡的嗅覺，大家很快在一個被簾布隔開的隱祕窄間裏發現了那個大玻璃魚缸，魚缸被七八條手腕粗的鎖鏈牢牢鎖住，琪琪蜷縮在魚缸的一角，雙目緊閉，看起來很不舒服。

　　「琪琪！我們是來救你的！別怕！」布布路比手畫腳，動作笨拙又滑稽。

　　琪琪像是明白了布布路的意思，游過來緊緊地貼在玻璃上，原本黯淡的雙眼裏燃起一絲希望的光芒。

　　「快開鎖吧！」帝奇冷靜地催促餃子。

　　餃子正打算問大姐頭借髮卡撬鎖，就聽見哐哐哐一陣亂響，鎖住魚缸的鎖鏈全被布布路徒手拉斷了。簡直是一頭蠻牛！

　　賽琳娜頭疼地看着一臉傻笑的布布路，餃子驚出一身冷汗，還好科娜洛導師的催眠粉藥效夠強，馬戲團的怪人們依然鼾聲大作，沒有被吵醒。

　　「不是要快嗎？」布布路一臉無辜，他友好地衝琪琪招手，

示意她可以離開禁錮她的囚籠了，可琪琪仍然蜷縮在角落裏不動，只是仰頭眼巴巴地看着布布路。

「琪琪，你不要怕，我們不會傷害你的！」餃子耐心地安慰着琪琪，還惡作劇地「命令」帝奇，「帝奇，別板着臉，快給琪琪笑一個！」

「呵，呵。」帝奇五官扭曲，擠出一個比哭還難看的笑臉。

布布路三人全都被「冷面笑匠」帝奇給逗樂了。但琪琪沒有笑，臉色看來反而有點難看。

「我懂了，琪琪大概是不能離開水！」賽琳娜突然一拍頭，掏出怪物卡召喚出一隻晶瑩剔透的藍色怪物，「水精靈，液體球！」

「唧！」水精靈心領神會地抖抖身體，一個巨大的水球出現在魚缸上方。

琪琪終於露出笑臉，搖曳着巨大的尾鰭，輕輕一躍，鑽進水球裏。在水精靈的控制下，水球包裹着琪琪顫顫巍巍地移出馬戲團的大帳篷。

逃出帳篷，事情就算成功一半，誰知道大家剛準備撤退，就聽見一聲尖叫——

「哇呀呀，有小偷，小偷在偷鎮團之寶啦！」

一個紅鼻子小丑站在廁所門口，手上提着繫到一半的褲帶，驚慌失措地大叫道：「快來人啊！有小偷！」

糟糕！看來是催眠粉攻勢下的一條漏網之魚！

在小丑尖厲的怪叫聲下，帳篷內傳來一陣騷動：

「啊，魚龍公主不見了！」

「我的臉上怎麼有一個腳印?」

「有賊闖進馬戲團啦!」

紛沓的腳步聲向帳篷外逼近,賽琳娜協助水精靈穩住水球,布布路和餃子緊張地守護在大姐頭兩側不敢分神,帝奇一個魚躍平地躍起,朝著礙事的小丑後頸來了一記手刀,小丑目瞪口呆地一頭栽倒在地。

「快跑!」大家趁機撒開腿沒命地狂奔起來。

不知道跑了多久,他們終於將幻海之星馬戲團的追兵甩掉了。

帝奇沒有一絲疲憊的痕跡,淡淡地問大家:「你們打算把她送到哪兒去?」

「當然是讓琪琪回歸大海啦！」布布路想當然地說。

「沒那麼簡單，如果琪琪真的是魚龍族的話，那麼她的故鄉應該是天上的龍宮……」餃子托着下巴說。

「沒錯，」賽琳娜擔憂地看了看琪琪，「她明顯只能生活在純淨的水環境裏，鹽分過多的海水會殺死她的。」

「那……」布布路吃力地跟着夥伴們的思路，「我們就把琪琪送回龍宮去！」

「白痴。」帝奇簡直不屑和布布路對話。

「說到龍宮……」賽琳娜有了想法，「基地的圖書館裏應該有相關的資料。」

「好，那我們就先帶琪琪回十字基地！」餃子當機立斷，「最

近放假，多數怪物大師預備生都回家了，應該不會被發現。幻海之星那幫怪人也會忌憚我們精英隊的身份，不敢輕易來基地找麻煩！」

雖然這麼做有點卑鄙，但確實沒有更好的辦法了，大家加快腳步趕回摩爾本十字基地。

龍宮傳說

今天摩爾本十字基地負責值班的是雙子導師——白鷺和黑鷺。

這對雙胞胎兄弟中，白鷺比較難對付。幸運的是，當布布路他們趕回基地的時候只有黑鷺在，布布路和餃子纏住黑鷺胡亂寒暄，帝奇和賽琳娜很輕鬆地成功偷運了琪琪。

片刻之後，布布路在大姐頭的指揮下，從圖書館裏搬回一大摞書，大家全都動手翻查起和龍宮有關的資料。但沒過多久，一陣嘈雜的聲音從校門口的方向傳過來。

「外面怎麼了？」賽琳娜趴在窗口擔心地向外張望。

「是馬戲團的人，」布布路豎起耳朵，很有把握地說，「我聽到愛克斯團長的破鑼嗓子，他在對黑鷺導師喊『好狗不擋道』，呃，他被金剛狼咬了，痛得哇哇叫。」

「你不是說馬戲團的人不敢來找麻煩嗎？」帝奇斜了餃子一眼。

「怕甚麼，反正他們不知道我們的真實身份！」餃子有些心

虛地說。

餃子話音剛落，房門砰的一聲被踹開了，黑鷺導師怒氣沖沖地撞進來，指着四個人的鼻尖破口大罵：「你們這些小鬼！竟敢冒充精英小隊！從實招來，到底是怎麼回事？」

看到黑鷺導師發怒，四個人全都垂頭喪氣不敢作聲，琪琪嚇得魚尾一甩，一大片水迎頭將黑鷺導師澆成一隻憤怒的落湯雞。

「這就是你們偷出來的……鎮團之寶？」黑鷺強壓下怒火，抹了把臉上的水。

「黑鷺導師，她叫琪琪……」大姐頭硬着頭皮向前邁出一步，將事情的來龍去脈告訴了黑鷺。

「她真的是……魚龍族的公主？」黑鷺的臉上難得露出憐憫的神情，隨即又轉為憤怒，「那幫馬戲團的人太可惡了，肯定是用不正當的手段把她擄到手的。你們偷得好！就當是給他們一個教訓。不過也算你們走運，幸好我的冰山臉大哥不知道，不然你們就死定了！」

黑鷺說着，就感覺氣氛不對勁了，布布路他們全都像眼睛抽風了一樣衝他不斷眨眼睛。

「我不知道甚麼？」一個陰森森的聲音在黑鷺身後響起。

黑鷺打了個激靈，尷尬地轉過身：「哥，你來啦！」

白鷺面無表情地走進房間，銳利的目光一一掃過布布路四人、水球裏的琪琪和地上翻得亂七八糟的書……

見白鷺遲遲不說話，餃子苦着臉嘀咕道：「完了！不知道會

扣學分還是退學⋯⋯」

布布路展開雙臂站在水球前，護着身後的魚龍公主，英勇地直視着白鷺說：「白鷺導師，要罰就罰我一個吧！是我要救琪琪的！千萬別把琪琪送回去，她太可憐了⋯⋯我想送她回龍宮！」

「龍宮？」白鷺看了布布路一眼，聲調刻板地開口了，「聽說過鏡湖嗎？」

鏡湖？包括黑鷺在內，所有人都誠實地搖搖頭。

「有這麼一個傳說⋯⋯」白鷺慢吞吞地說，「在琉方大陸的極北之地聳立着琉方大陸上最高的山峰，因為它是整座大陸上最接近天空的地方，所以得名『天山』。山上終年白雪皚皚，唯獨山頂的湖泊終年不凍，光潔如鏡，因此被稱為『鏡湖』。相傳每一年的年中，天空會出現一輪藍色圓月，鏡湖湖面會倒映出美麗絕倫的藍月影像──那就是天上龍宮的入口。」

「哇，琪琪，你可以回家了！我們快去鏡湖找龍宮的入口吧！」布布路興奮地打斷白鷺的話，賽琳娜趕忙一把捂住布布路的嘴，抱歉地示意白鷺繼續。

「無數冒險家想要征服天山，渴望能親自看看那個寧靜祥和又美麗富饒的龍宮，據說那裏遍地都是人間沒有的稀世珍寶。不過那都是傳說而已，沒有人能證實天上龍宮的存在，因為根本沒人能爬到山頂。另外，相傳龍宮裏居住着魚人族、人魚族和魚龍族，卻唯獨沒有人類，因為這三個種族和人類積怨很深，他們是為了遠離人類才離開陸地，到天上生活去的。所以⋯⋯即使你們運氣好得真能找到龍宮，大概也不會有人感激

你們送回琪琪，反而有可能把你們當成強盜囚禁起來。」

「沒關係，」布布路十分堅決地說，「我們答應琪琪送她回家，就一定要做到！」

白鷺眯着眼睛打量了布布路半天：「剛才我甚麼都沒說，基地已經放寒假了，你們明天趕緊收拾行李回家吧！」說完，他揪着黑鷺的衣領走了。

「白鷺導師是甚麼意思？」布布路的腦袋轉不過彎，不明所以地看着大家，「大姐頭，餃子，帝奇，你們不是說不回家嗎？」

摩爾本十字基地放寒假之後，怪物大師預備生們都回家了，但餃子他們卻提出留校申請。因為餃子無家可歸，賞金王·雷頓家族的繼承人帝奇發誓不成為真正的怪物大師就不回家，大姐頭一直被逼着繼承家業，生怕一回去就再也出不來了。

鑒於三個夥伴都不回家，布布路也選擇了留校。可是現在……布布路困惑了。

「笨蛋！」餃子三人齊聲說完，推着布布路出門，準備各自回房收拾行李。

賽琳娜稍微好心地補了一句：「白鷺導師明顯是放我們一馬，讓我們送琪琪回家！」

誰也沒留意到水球中的琪琪眼底滑過一絲隱晦的光芒。

這是成為怪物大師的必經之路！！！

尊敬的讀者：現在你跟隨布布路一起踏上了成為怪物大師的道路！向所有的困難發起挑戰吧！

預備生年度鑒定考核

 Q01 以下哪項是煉金術中的禁忌？（怪物大師道德基礎單選題）

A. 點金石

B. 長生不老藥

C. 功能性酊劑

D. 禁錮靈魂

答案在本頁底部，答對得3分，你答對了嗎？

某預備生： 科娜洛導師，我想請教你，真的有煉金師成功煉製出長生不老藥嗎？

科娜洛： 賽琳娜，你怎麼看？

賽琳娜： 我對此保留看法。雖然不清楚長生不老藥是否真的存在，但煉金術講究的是等價交換的原則，當個體獲得長生不老的能力，必然也要付出相應的代價，我不認為這個代價對個體來說能輕鬆地付出。

科娜洛： 說得很好。請各位記住，煉金術的目的是讓人類擁有更好的未來生活，長生不老藥對於許多煉金師是一個夢想，卻不是他們盲目追求的目標。

完成這個測試後，你可以鑒定自己是否具備了成為怪物大師的能力。

測試結果就在第八部的210，211頁，不要錯過哦！！

答案：d

雲海國的魚龍公主
MONSTER MASTER 8

新世界冒險奇談

第三站 STEP.03

死亡的通天之路
MONSTER MASTER 8

極地飛躍！「諾亞」號方舟

雖然白鷺導師指明了龍宮的入口，可是新的難題又擺在大家面前。

天山位於琉方大陸極北的酷寒之地，常年冰封，荒無人煙，別說甲殼蟲，就連龍蚯和龍首船都無法到達，要去天山，唯一的交通工具只有……

布布路看着手中的卡卜林毛球，又看看三個夥伴，不甘心地問：「真的要這麼做嗎？」

「當然！」三個人異口同聲地說。

「好吧！」布布路捏了捏卡卜林毛球，聯絡網接通與之相連的另一個人。大家都豎起耳朵，屏息靜聽。要知道，毛球的另一端可是藍星上第一富豪桑瑪利達家族，這隻布布路的專屬毛球可以直接聯通桑瑪利達家族的大小姐——十三姬。

自從迷霧島事件之後，十三姬就認定布布路是她最重要的恩人，每次看到布布路都噓寒問暖，還給了布布路一隻專屬毛球。一提起十三姬，布布路渾身就不自覺地爬滿雞皮疙瘩，真不習慣別人對自己太熱情。

「喂，十三姬嗎？你的『諾亞』號私人方舟能借給我用幾天嗎？」幾秒鐘後，布布路放下卡卜林毛球，向周圍等待消息的三人報告，「她答應了，方舟馬上就到。」

幾分鐘後，一艘龐然大物出現在十字基地門口。

「哇！這就是方舟，好大！」布布路驚愕得讚歎連連。

「布魯布魯！」四不像興奮地在甲板上跑來跑去。

「你們看，推動裝置融合了最強力的風元素晶石，船底裝了滑輪滾軸，桅桿上還有防風沙的可伸縮透明罩……不愧是海陸空通用方舟啊！」有駕駛經驗的賽琳娜一眼就看出方舟的獨特之處。

「真是大手筆，至少也要十幾億盧克吧！」餃子計算起方舟的價值。

帝奇最淡定，登上方舟後，他就鑽進船艙，枕着巴巴里金獅舒舒服服地睡起覺來。為確保琪琪的安全，大家把她也安排

在船艙裏，因為帝奇就算在睡夢中都能用暗器將敵人戳成篩子。

太陽剛躍出地平線，方舟就載着布布路一行，意氣風發地出發了。

船體上的滑輪和滾軸在風石的帶動下震震作響，「諾亞」號方舟進入全速航行狀態。沿途的風景飛速倒退，十字基地消失在視線中，偌大的北之黎變成一個小黑點……

「諾亞」號風馳電掣般飛越琉方大陸，朝着極北寒地而去。不出半天時間，碧綠的植被地貌消失，方舟下已是一片冰天雪地，皚皚的白雪一眼望不到邊。氣溫急驟下降，船頭的桅桿上結了一層厚厚的冰霜，迎面而來的風像刀一樣割着大家的面頰。

大家都躲進船艙裏取暖，只有布布路堅持迎風站在船頭，口中興奮地呼着熱乎乎的白氣，絲毫不在意臉上快結冰的兩管鼻涕。這還是布布路第一次看到雪景，真是太壯觀了，四不像也不甘示弱地扒在船頭，瞪大銅鈴眼向外張望不停。

「咦？方舟怎麼愈飛愈低了？」漸漸地，布布路察覺到一絲異樣，定睛一看，原來不是方舟在降低，而是下面的冰雪正在像植物一樣不斷地瘋長，愈來愈高，眼看就要頂到方舟了。

「大姐頭，不好！我們要被凍住了！」布布路通過對講器提醒駕駛室的賽琳娜。

布布路話音剛落，一根根瘋長的冰柱就凍住了方舟的底部，順着舟身迅速蔓延，眨眼間冰雪吞噬了大半個方舟。

方舟被拖停了。

「別擔心！方舟有破冰系統。」對講器裏傳來賽琳娜信心十足的回答。看樣子她已經能夠充分駕馭方舟了。

　　嗡！伴隨着機器的蜂鳴聲，方舟兩側伸出十多個瘋狂旋轉的卷輪。在它們的作用下，凍住舟身的冰塊頃刻間被捲成碎片，方舟恢復運轉，在冰面上緩緩向前滑行着。

　　「噢噢噢！方舟真厲害！難怪來極地非它莫屬！」布布路興奮地大叫。

　　但很快，布布路就聞到了很濃的野獸味，足有幾百隻，正在向他們靠近！

　　「嗷嚕嚕——」

　　彷彿是在印證布布路的感覺，四面八方響起野獸威脅性十

足的嚎叫聲。冰面震動起來，身材魁梧的猛獁象、成羣結隊的大角鹿以及兇猛無比的劍齒虎蜂擁着衝向方舟。

餃子擔憂地看着方舟下的情況：「極地野獸有很強的領地意識，不允許外來者入侵它們的地盤，一定是剛才破冰系統的噪聲把它們吸引了過來。」

只見猛獁象的獠牙狠狠地撞上卷輪，大角鹿粗壯的鹿角對準船身，成羣的極地野獸發瘋似的用身體撞擊方舟，彷彿在合力阻止方舟繼續向前，吼聲如雷，蔚為壯觀。

大姐頭忙關閉破冰系統，方舟徹底不動了，可是野獸的怒火還是無法平息，依然瞪着血紅的眼睛撞向方舟。

危急時刻，布布路踏着方舟價值不菲的龍頭雕飾，像彈簧

一般高高躍起，在空中翻了個筋斗再落下，將那頭兇狠的寒鑽劍齒虎壓在屁股底下，他背後的棺材更是「哐」地讓那頭寒鑽劍齒虎趴到地上半晌也起不來了。

「獅王金剛掌！」

「藤鞭抽打！」

帝奇和餃子也使出絕招，與野獸鬥在一起。

對一般人來說，這些兇猛的動物具備了非常厲害的殺傷力，但對於百裏挑一的怪物大師預備生來說，打敗它們畢竟不難。

片刻後，被擊中的野獸發出痛苦的哀嚎，不敢再靠近方舟了。

船骸遍野！水龍捲來襲

擺脫極地野獸的攻擊後，還來不及歇一口氣，布布路又有了新發現。他指着正前方大聲喊道：「看！前面有好多船！」

大家順着布布路指示的方向看去，就見冰面上飄着許多船隻的殘骸，所有的船隻都被厚厚的冰雪覆蓋，但仍不難看出船首與船尾嚴重分離，彷彿破舊的冰雕紀念碑一般轟立在大地上。

「船頭都對着北方，這些船也都是要去龍宮的嗎？」布布路問道。

「很有可能……」賽琳娜膽戰心驚地看着那一根根折斷的桅桿，它們像墓碑上的十字架一樣，「看來前路不容樂觀啊！」

「大姐頭說得沒錯，」餃子摸着下巴，「這些船隻的損毀程度非常嚴重，喏，看那一艘，龍骨直接從中間斷裂，顯然不是剛才那些野獸幹的，看來前往龍宮的路上還有更大的未知危險啊！」

「更大的危險，」布布路的眼中閃動着莫名振奮的火苗，「那會是甚麼呢？」

「去看看就知道了。」帝奇在一旁平靜地說。

在帝奇的提醒下，大家意識到剛才肆虐瘋長的冰雪已經平靜下來，方舟可以重新啟動了。一座巍峨的雪山隱約出現在前方的地平線上，是天山！

「好，我們加速前進！」賽琳娜坐在駕駛室裏，將方舟推動器開到最大馬力。

「噢噢噢！飛起來了！」布布路興奮地抓緊船頭的桅桿，方舟幾乎呈九十度向上飛升。

「哈哈，山頂，我們來了！」方舟猶如彗星般衝向山頂……

一段暢通無阻的筆直飛行之後，方舟抵達天山的頂峰。一汪碧藍的湖水靜靜地流淌在冰封雪罩的山頂上，如同嵌在天山之巔的一塊玉鏡，這一定就是白鷺口中的不凍湖 —— 鏡湖。

賽琳娜將方舟轉換成水面模式，降落在鏡湖的湖面上。

「布魯布魯！」四不像對着天空叫個不停。

一輪冰藍色的滿月高高地懸掛在天空中，不僅如此，鏡湖的上方也籠罩着一層淡藍色的霧氣，將附近的冰雪都暈染成天

空的顏色，置身於湖面上的布布路他們猶如進入淡藍色的夢境之中。

「好美啊！」賽琳娜看呆了。

「藍色的月亮啊，好厲害！」布布路驚奇地讚歎道。

「你看好了，那不是藍色的月亮，而是湖水反射出的光線產生的視覺誤差。」餃子若有所思地說，「這山頂的溫度明顯比山下要高，湖水又常年不凍，湖面上蒸騰着一層水霧，湖底怕是有高熱量的物質……」

「噓！」帝奇警惕地盯着看似平靜的甲板。

咕嚕嚕，咕嚕嚕——

隱隱的，方舟下面的湖水中傳來一陣陣奇怪的聲音。

「我怎麼覺得愈來愈熱了？」布布路擦了一把汗，皺着眉頭說，「好像是煮火鍋的感覺！」

天空漸漸昏暗下來，天空中不知何時出現了大片的黑雲，將藍月吞噬。湖面上的水霧更重了，溫度也更高了，大家身上全都覆上了一層黏稠的汗水。

咔嚓——

一道閃電劃破天空，黑雲劇烈翻滾，鏡湖的水面也不再平靜，一道道水浪騰空而起，在半空中飛快地旋轉成一條軸心向上的巨大渦流水柱。兇猛的渦流水柱一端連着鏡湖，另一端則直抵天空中的黑雲，在湖面上快速移動，像一條藍色的猛龍張牙舞爪地顯示着自己的威力。

「不好！有甚麼東西朝我們來了！」布布路瞪大眼睛看着湖面

上的異動。

「糟糕，是水龍捲！」賽琳娜在駕駛室裏通過鏡像石看清外面的動靜，焦急地說，「已經開啟防護罩，但是水龍捲威力驚人，我擔心防護罩頂不住！」

「我知道了，那些船骸一定都是被水龍捲從天山上丟下去的，好恐怖……」餃子悔不當初，早知道有這麼危險，他才不會那麼貿然闖來呢！

「快避難！」說話間，水龍捲逼近甲板，帝奇一聲大吼，將餃子和布布路踹進船艙。船艙的門剛關上，就聽見甲板上傳來一陣霹靂般的炸裂聲。

駕駛室裏，賽琳娜握着舵的手不受控制地戰慄着，一旁的鏡像石上清楚地顯示，方舟甲板的外層已被水龍捲撕成碎片，翻湧的水浪裏挾着木板的殘屑，憤怒地咆哮着。

方舟在水龍捲的襲擊下劇烈地晃動，船艙裏的布布路三人像皮球一樣滾來滾去，艙內的緊急燈亮起來，警鈴大作，方舟的負荷能力已逼近極限。

「如果不想辦法，水龍捲就要把方舟撕碎啦！」一片混亂之中，餃子聲嘶力竭地叫道。

「哇，不好了，水龍捲跑到方舟下面去了！」布布路直覺地判斷出更大的危險。

「知道了，你們趕緊抓穩了！我……」賽琳娜話還沒說完，就感到一股巨大的衝力從底部撞上方舟。

轟——

　　巨大的「諾亞」號方舟被水龍捲生生從鏡湖中頂起，像一枚子彈一樣筆直地彈射向天空。

　　「啊啊啊！」強大的氣流從四面八方夾擊着方舟，急驟的飛升讓大家的身體有如被反覆扭壓的布條，耳畔只有呼嘯的風聲和嗡嗡的雜音，心臟幾乎停止跳動，血管在頭皮下不斷膨脹……

　　漸漸地，布布路他們連尖叫聲都發不出了，全都失去了意識……

新世界冒險奇談

第四站 STEP.04

萬卷雲海
MONSTER MASTER 8

雲海中的巨骸

　　輕飄飄，軟綿綿，好像躺在棉花糖上……好舒服啊！難道這就是傳說中的天堂？布布路愜意地翻了個身。

　　「布魯！」一聲不和諧的刺耳怪叫傳入耳中。

　　布布路不禁打了個激靈。天堂？那不是死後才會去的地方嗎？難道自己死了？正想着，腹部突然傳來一陣翻江倒海般的震動。

　　「呃！」布布路一個鯉魚打挺坐起來乾嘔，掀翻了在他肚子

上跳踢踏舞的四不像。

布布路瞬間清醒過來，瞪大眼睛驚奇地看着四周。到處是白茫茫的雲霧，綿綿的雲層幾乎將方舟都吞沒了，自己和幾個夥伴騰雲駕霧般浮在雲朵之上。布布路用腳用力踏了踏，雲朵很有彈性，和想像中不太一樣，但又確確實實是雲朵。「哈哈，我們到天上來了！」

「吵死了！」帝奇也醒了，臉色難看，還有點站立不穩。

「好暈……」餃子和賽琳娜也揉着額角坐了起來。

「可是……為甚麼我們在雲上卻不會掉下去呢？」布布路好奇地在雲上滾來滾去。

「這應該是化石雲，」賽琳娜邊研究邊推測道，「化石雲是形成超過萬年的稀有古老雲團，是一種飄在天空卻不會形成降雨的雲，只在固定的軌跡上運行……也許天山剛好位於它的既定路線上，每隔一年化石雲經過天山山頂，和湖底的地熱能量相互作用，形成水龍捲，水龍捲把我們送到了化石雲上面！」

「哇，太酷了！白鷺導師說的是真的！」布布路像沒事人一樣精神奕奕，「琪琪，我們通過鏡湖的入口了！咦？琪琪呢？」

船艙裏，水精靈有氣無力地趴在角落裏，水球和琪琪全都不見了。賽琳娜忙把水精靈收進怪物卡裏，心疼地說：「水精靈盡力了，一定是剛才的上升氣流壓碎水球，琪琪被甩出去了！」

「琪琪，你在哪兒？」布布路焦急地大喊起來。

「她在那兒！」帝奇指向不遠處，雲霧中隱約露出一條顫動的魚尾。

大家急忙跑過去。沒了水球包裹的琪琪像一條離開水的魚，蔫耷耷地趴在地上，身體不偏不倚地卡在兩根古怪的白色石柱之間。她的臉色蒼白得嚇人，虛弱得幾乎連呼吸都沒有了。

賽琳娜不得不再次召喚出水精靈，將琪琪重新罩進水球裏。

「琪琪，」餃子擔憂地看着水球中的琪琪，「你能睜開眼睛看看嗎？我們已經到天上了，你能給我們指一下龍宮的具體方向嗎？」

琪琪快快地看看餃子，她連開口吐泡泡的力氣都沒有了，更別提指引方向了。

布布路噌噌幾下爬到方舟的桅桿上，舉目遠眺，試圖用肉眼目測龍宮的方位，沒想到卻發現了新情況：「哇，好大的骸骨！」

在布布路的提醒下，大家赫然發現，原來卡住琪琪的兩根白色石柱是兩根骨頭，不僅如此，連方舟都擱淺在一具巨大的骸骨之中，嶙峋的骨骼蜿蜒匍匐在化石雲上，一眼望不到邊。

「這是甚麼動物的骨骸？好大哦！」布布路驚奇地問大家。

餃子和賽琳娜不約而同地搖搖頭，水龍捲、化石雲、龍宮、古骸，天上世界的一切都遠遠超出他們的認知。

「小心，有埋伏！」帝奇突然大喝一聲，翻身躍起。

但是來不及了。一張輕薄的大網無聲無息地朝着大家兜頭罩下，將所有人都網成一團。

賴皮鬼赫拉拉

「大意了！雲團裏居然藏着陷阱！要是讓我知道是哪個笨蛋設下的陷阱，一定饒不了他！」餃子懊惱地晃着腦袋說。

「你們才是笨蛋呢！否則怎麼會被我們抓住！」

一個穿着緊身衣、背着奇怪武器的小丫頭從雲團中氣沖沖地跳出來，黑白分明的眼睛裏透出幾絲靈氣。

她對着網中的布布路他們一通拳打腳踢。

「痛，痛，痛！」布布路的腦門兒挨了一腳，痛得哇哇叫。

「布魯！」四不像被布布路壓住耳朵，氣得手蹬腳刨。

小丫頭無理取鬧的行為讓大姐頭額頭冒煙，餃子也忍無可忍，帝奇更是面色鐵青。

乒乒乓乓一通亂響後，大網化成一堆渣渣。

布布路揉着手腕，四不像咯吱咯吱磨着牙，賽琳娜將火石揣回口袋，餃子收起招式，帝奇不動聲色地夾着飛刀，四個人加上一隻怪物殺氣騰騰地看着小丫頭。

「你是誰？」餃子陰森森地問，「難道是幻海之星派來跟蹤我們的間諜？」

「你們……」小丫頭傻眼了，顯然她沒料到布布路他們這麼輕易就破除了大網。只見她的眼珠子骨碌骨碌轉了幾圈，扭頭一個縱身彈跳就要溜之大吉。

「別跑！」餃子甩出長辮子，嗖的一聲準確無誤地纏住她的腳踝，再稍微一施力，小丫頭嗵的一聲重重跌落在地，不動了。

一個閃閃發光的東西從她的口袋裏掉出來，骨碌碌滾到餃子腳邊，餃子不動聲色地將之收入囊中。

　　「她怎麼不動了？」布布路擔心地戳了戳平躺在地一動不動的小丫頭，「是不是暈倒了？」

　　「那我們就把她扔下雲海。」帝奇冷冷地說。

　　「不要啊！」小丫頭一個激靈彈坐起來，哇哇大哭，一邊哭還一邊大叫着，「你們這羣壞蛋，居然欺負我！嗚嗚……好痛……」

　　「這……這傢伙變臉好快，而且……」布布路望着對方咂舌道，「怎麼哭得像隻大花貓？」

　　帝奇送布布路一個白眼，意思是，這麼沉不住氣的演技只能騙騙他了。

「藤條纏繞！」餃子掏出怪物卡，召喚出怪物藤條妖妖。數根藤條將小丫頭纏成一個粽子。

「都別鬧了，琪琪不對勁了！」賽琳娜在一旁焦急地喊起來。

大家急忙湊過去，只見水球中的琪琪全身不住地痙攣，雙目痛苦地閉著，雙手難受地在胸口抓撓，好像是無法呼吸了……琪琪這是怎麼了？

看到大家手足無措的樣子，剛剛還眼淚汪汪的小丫頭一下子又得意起來，叫嚷道：「活該！你們這群壞蛋，誰叫你們欺負我！現在倒霉了吧！剛來到萬卷雲海居然就敢這麼大動作地行動，小心死翹翹……哈哈！」

帝奇眼露凶光，喘著氣威脅道：「你知道這是怎麼回事？」

「哼！你們放了我，我就救她！快點，否則她會有生命危險！」

小丫頭的話能信嗎？餃子三人都有些遲疑，布布路卻三下兩下替小丫頭鬆了綁，誠懇地說道：「請你救救我們的朋友！」

「讓她吃下這顆藥丸！」小丫頭小心地從貼身口袋裏掏出一顆像糖果般五顏六色的藥丸。

「你小心點，可別撒謊！」帝奇手裏扯出幾條蛛絲，冷冷地說。

「喂，我可是好心好意地救人，你還懷疑我不成？」小丫頭氣呼呼地嘀咕，「我這可是顆高級貨，獨一無二，別人想要還沒有呢！」

賽琳娜餵琪琪服下藥丸，片刻之後，琪琪的呼吸漸漸平穩下來，藥丸見效了。

「她沒事了，你們可以放我走了吧？」小丫頭臉色臭臭地說。

「沒那麼簡單，我還有問題要問你呢，」餃子打量着小丫頭，陰森森地笑了，「琪琪這是甚麼症狀，你給她吃的又是甚麼神藥？」

在帝奇手中蛛絲的威脅下，小丫頭吞了吞口水，不甘心又鄙夷地說：「別告訴我你們不知道這裏是位於三萬米高空的萬卷雲海！這裏的空氣密度非常稀薄，剛來到這裏的人都會有缺氧不適的症狀，個別嚴重的就像琪琪這樣。我給她吃的藥丸可以增強身體吸氧的能力，緩解『高空反應』。」

「哇，萬卷雲海，三萬米高空！」布布路興奮得恨不能扒開腳下棉絮般的雲團看個夠。

「你是誰？為甚麼剛才要用網子罩我們？」賽琳娜警覺地問。

「我？我叫赫拉拉。」小丫頭古靈精怪地轉了轉眼珠，「你們突然闖進萬卷雲海，我當然要教訓你們啦！」她還振振有詞。

「這麼說，你不是幻海之星派來的間諜？」餃子老謀深算地捕捉到小丫頭的話外音，「莫非，你是這天上的居民……那你一定知道龍宮嘍？」

「當然知道！」赫拉拉沒好氣地說，「那是被更古老的化石雲托起的一片大海，終年隨着萬卷雲海移動，叫作外環之海，龍宮就在外環之海的中央！」

「太好了，可以去龍宮了！」布布路開心得直跳。

「甚麼？你們要去龍宮？」本來漫不經心的赫拉拉睜圓雙眼，一臉警惕地問，「你們去那裏做甚麼？」

「送琪琪回家呀！」布布路指着琪琪，喜滋滋地說，「她是我們從馬戲團裏救出來的魚龍公主！」

「你們冒死乘水龍捲上來就是為了她？」赫拉拉瞥了眼琪琪，臉色像是生吞了蒼蠅般古怪，「別開玩笑了，她才不是公主呢，你們分明是被騙了！」

「我相信琪琪不會騙人。」賽琳娜看了看水球中一臉不安的琪琪，將來龍去脈都告訴了赫拉拉，義憤填膺地說，「如果琪琪繼續留在下面，肯定還會受到那些把她當動物看的人迫害，所以我們無論如何都要將她送回龍宮。」

「所以你們就拚命跑到這裏來了？嘖嘖，真令人感動啊！」赫拉拉不知真假地紅了眼眶，「不過，琪琪根本不是魚龍族，你們反正就是被騙了。我勸你們還是早點回地上吧，免得到時候後悔都來不及！」

「少廢話，去不去龍宮是我們的事，不用你管。」帝奇冷冷地說，「快說，龍宮在哪兒？」

「不告訴你！」赫拉拉欠扁地說，「說了你們也找不到。」

「既然如此，那就麻煩你帶個路吧？」餃子陰笑道，「否則……我們這隻怪物餓了老半天了！」

「布魯！」四不像瞪着雪亮的銅鈴眼，咔嚓咔嚓地磨着鋒利的尖牙，口中的涎水拖出好長。

「不要吃我！哼，帶路就帶路……」赫拉拉的囂張氣焰全都被四不像嚇跑了，垂頭喪氣地舉手求饒，趁着大家不注意，她小聲嘀咕道，「一羣不聽勸告的自大鬼，偏要趕着滅頂之災快來臨

的時候去龍宮，一個個全都別想活着出來……」

　　滅頂之災？餃子和帝奇警惕地斜了她兩眼。這孩子是在危言聳聽嗎？

這是成為怪物大師的必經之路！！！

MONSTER MASTER
＊LOVE DREAMS＊

尊敬的讀者：現在你跟隨布布路一起踏上了成為怪物大師的道路！向所有的困難發起挑戰吧！

Q02 以下哪個自然現象是可以通往龍宮的道路？（地理基礎知識單選題）

A. 火焰龍捲　　B. 水龍捲
C. 融凝冰柱　　D. 極光

答案在本頁底部，答對得３分，你答對了嗎？

布布路：水龍捲我經歷過了，挺好奇其他三個自然現象的，不知道……

餃子：停停停！你這個烏鴉嘴。火焰龍捲又叫火旋風，它是由大量的火元素和湧動的風元素結合在一起所燃爆升空的颶風，要是遭遇火焰龍捲，我們就只能等著被燒成焦炭了！再說一下融凝冰柱，它是在高山冰川之間形成的巨大深坑凹槽，凹槽中佈滿了五厘米至五米的尖利冰矛，掉下去會被扎個透心涼！極光則是在特定地區才會出現的美麗光輝，但是強烈的極光會致人眼瞎！千萬別害我要作陪冰裏來火裏去，外帶不小心瞎眼！

布布路：哇啊，它們都好厲害哦，我現在就去問大姐頭要琉方大陸的地圖，咱們就先去有融凝冰柱的地方做任務吧！

餃子：哦，我突然覺得好累，必須回房睡覺，這三天你都別來叫我！拜託了，布布路！

完成這個測試後，你可以鑒定自己是否具備了成為怪物大師的能力。

測試結果就在第八部的 210，211 頁，不要錯過哦！！

雲海國的魚龍公主
MONSTER MASTER 8

新世界冒險奇談
第五站 STEP.05

蝦兵蟹將大搜查
MONSTER MASTER 8

前進！穿越龍門

賽琳娜把方舟小心地藏在一團巨大的化石雲後面，一行人在滿腹牢騷的赫拉拉的帶領下朝着龍宮出發了。

走在白茫茫的萬卷雲海之上，前後左右、四面八方全都是無邊無際的化石雲，整片萬卷雲海就像一片虛無的真空迷宮，置身其中讓人方向感盡失，心生迷惘。

走了半個小時，眼前的景物彷彿沒有絲毫的變化。餃子鬱悶地說：「看來我們低估了萬卷雲海的情況，赫拉拉這傢伙不會

是在帶着我們兜圈子吧？」

「她應該沒有耍我們，羅盤的指針顯示我們在沿着四十五度角向上前進。」賽琳娜晃了晃手中從方舟上帶下來的羅盤。

又走了半個小時，前方終於出現一絲異色，一扇攀附着一紅一青兩條蟠龍的雄偉大門轟立在繚繞的雲海之中，高大巍峨，氣勢磅礡。

只不過……那兩條張牙舞爪、威風凜凜的龍身上掛滿五顏六色的珊瑚和貝殼，龍角上還掛着艷俗的珍珠鏈子，不倫不類的掛飾讓兩條捍衛龍門的蟠龍透露着幾許不和諧的滑稽感。

餃子目瞪口呆地看着這扇大門，嘖嘖稱奇道：「這就是龍宮的大門？這品味……我真是無法苟同。」

「俗氣！」帝奇直截了當地下結論。

赫拉拉氣呼呼地嚷嚷道：「誰說龍宮大門品味差啦？你們才是沒有欣賞水平的人！」接着，她索性負氣地一屁股坐到雲朵上，「喏，龍宮近在眼前啦，要送死就趕緊進去吧。作為一個從龍宮長大並剛剛從龍宮逃出來的人，我最後勸你們一句，不要去那個烏煙瘴氣的地方，你們會後悔的！」

「哦？據我所知，龍宮裏只生活着魚人、人魚和魚龍三個種族，你……」餃子想起白鷺導師說過的傳說，上上下下打量赫拉拉一番，意味深長地說，「你分明是個人類嘛，怎麼說自己是在龍宮裏長大的呢？」

大家全都狐疑地看着赫拉拉。

「我沒有騙人!」赫拉拉在大家的注視下,擠出幾滴不知是真是假的眼淚,「我和我哥哥都是在龍宮裏長大的,人類是龍宮裏最低等的種族,我們從小就不停地幹活,後來……後來我哥哥活活累死了。我對那裏再也沒有一點點留戀了,就從龍宮逃出來了!」

「好可憐啊!」布布路同情地看着赫拉拉,安慰她道,「你放心,我們把琪琪送回家之後,就帶你回北之黎去,我們會保護你的!」

餃子三人無奈地看着布布路,連這種謊話都信,這傢伙真是沒救了。赫拉拉的手細皮嫩肉的,哪裏有一點兒長年做苦工的樣子啊?

「噓!龍宮門口好像有問題,我們謹慎一點!」帝奇提醒大家。

龍宮門前排着長長的隊伍等着進出龍宮,隊伍裏的人都長得好奇怪啊!除了有琪琪那樣上半身是人下半身是魚尾的人魚,還有長着魚頭下半身卻是人形的魚人。

看守城門的是一羣奇形怪狀的蝦兵蟹將,他們正小心地逐一盤查進出的人。氣氛緊張極了!

「他們在檢查甚麼?」布布路好奇地問赫拉拉,「不會是在找你吧?」

「查得那麼嚴,你是不是偷了他們甚麼寶貝?」餃子笑瞇瞇地問。他記得之前白鷺導師說過,龍宮裏可有不少稀世珍寶呢!

「他們才不是查我呢,只是防止人類矇混進去的例行檢查。」赫拉拉心虛地向布布路求助,「讓我躲到你的棺材裏吧,我可是

好不容易才逃出來的，萬一再被他們抓回去，我就慘了！」

「哦！」布布路言聽計從地打開棺材。

但餃子三人對視一眼，直覺告訴他們，赫拉拉身上一定有甚麼不可告人的祕密！

留意到三人的表情變化，赫拉拉氣呼呼地瞪眼威脅道：「哼，如果你們不幫我，你們誰都別想進龍宮，也別想順利地回到地上世界去！」

餃子小聲和同伴商量：「我們對龍宮一點都不瞭解，而且現在形勢不明，就當是相互協助吧！」

赫拉拉滿意又得意地挑挑眉頭，往棺材中鑽去，突然像是想到了甚麼，她又將頭伸出來，從自己的背包裏面拿出幾件魚尾巴的道具服。「你們換上它，快點兒！」

「我絕不穿那種東西！」帝奇一口否決。

「那你們就等着被砍頭吧！笨蛋！」赫拉拉怒氣沖沖地低吼後，用力地關上棺材蓋。

「來，四不像把這個套上！」布布路滿不在乎地將一條土紅色的魚尾裙扔給四不像。

四不像瞪着那條裙子看了片刻，啊嗚一口狠狠咬上去。

「喂！那是給你穿的，不是讓你吃的！」布布路連忙將裙子從四不像的嘴裏解救下來。

一番折騰之後，帝奇也終於在大姐頭的強迫下穿上了魚尾裙，蹣跚着朝龍宮走去。

餃子小聲叮嚀道：「走路的時候小心一點，不要步幅太大，

當心魚尾裙的拉鏈鬆了。」

布布路一行人忐忑地走近龍宮大門，負責盤查的蝦兵蟹將只是盯了他們兩眼就放他們通行了。

魚尾裙的偽裝效果出乎意料的好，他們全都順利通過了龍門。

糟糕！身份敗露

「這也太好矇混過關了吧！」一進入龍宮，餃子就忐忑地說道，「事情進展得太順利，我反而有些不安了！」

「龍宮真好呢，完全不像赫拉拉說得那麼恐怖！」布布路興奮地打量着四周。

這是一個和地上截然不同的世界，是一個被外環之海環繞着的巨大浮島。無數朵形狀各異的小化石雲飄浮在由萬卷雲海撐起的海面上，供這裏的居民們修建居住的房子，一座座吊橋將這些小化石雲全都連接在一起。

不僅如此，往上瞧還有一層又一層位置更高的化石雲，它們被一根根空心的化石雲水柱支撐着，為魚人族和人魚族提供更多的居住空間。一條條由化石雲製作的水道自上而下地連接着每一層，海水順着水道流淌下來，又被空心的水柱吸上去，循環流動。

「快看那裏！」布布路指着正對着龍門的一處港口。那裏停滿一種水藍色的船隻，每條船前頭都配置一條超大體形的魚！

「那是大馬哈士魚。龍宮裏到處是水道，你們這些下面世界上來的人和那些人魚族都沒有魚鰓，所以是不能在外環之海自由暢遊的，而乘上這種船就可以順利前往龍宮的各個地方。」棺材被打開一條縫，赫拉拉心情似乎好多了，主動向布布路介紹起來。

幾條大馬哈士魚船已經接滿客人，朝着不同方向出發了。還有不少商人利用大馬哈士魚拉送貨物。來來往往，熙熙攘攘，一派熱鬧繁華的景象。

「奇怪⋯⋯」賽琳娜盯着龍宮的居民，困惑地問，「這些龍宮的人好像不需要生活在水裏呀，為甚麼琪琪⋯⋯」莫非這是魚龍族的特殊習性？

這時人羣中突然騷動起來。一個長着鯉魚腦袋的魚人扛着一個鼓鼓囊囊的袋子慌慌張張地跑過來。一羣身材魁梧的魚人士兵在後面窮追不捨。他們看起來比龍宮門口那些守衛高一個級別，就連手裏的武器威懾力都更強。

這怎麼看都像是在追小偷！只是不知道為甚麼，周圍的民眾一看到那些士兵就全都變了臉色，敬畏地躲到一旁。

「哇！」鯉魚頭魚人腳下一絆，一個趔趄，手裏的水袋飛到布布路的腳下。

「這是甚麼東西？」布布路好奇地拿起水袋看了看，愣住了。

士兵們衝了上來，一把搶走布布路手裏的水袋，惡狠狠地對着那個鯉魚頭魚人說：「我們已經警告過你兩次了，你居然還敢去人魚餐廳偷東西！」

「你們才是強盜！那是我的孩子，人魚憑甚麼要吃我的孩子？把我的孩子還給我！」鯉魚頭魚人激動地哭喊道，「你們都是我的同類，為甚麼幫那些該死的人魚？」

「我們是在執行任務，」魚人士兵心虛地回應，「我懂你的心情，但你不能觸犯龍宮的最高法律！」

這是怎麼回事？大家困惑地看着眼前的一幕，聽上去似乎龍宮裏的魚人族和人魚族之間還有甚麼矛盾？

眼看士兵們就要扛着水袋離開，布布路突然衝上去將他們攔住了。

「等等，你們為甚麼要搶鯉魚大叔的東西？」布布路眼神堅

定地說，「我剛才看到了，那裏面是鯉魚的魚卵，是鯉魚大叔的孩子，快還給他！」

周圍的人羣騷動起來。所有人都難以置信地看着喬裝成人魚的布布路，竊竊私語道：

「我是不是聽錯了？」

「他是人魚！居然為魚人求情？」

「可是法律不是人魚制定的嗎？」

看到這麼多的目光都集中到他們身上，餃子心裏咯噔一聲，有了不好的預感：「完蛋了，才剛到龍宮，布布路這傢伙就又惹禍上身了！」

「謝謝你幫我求情，你真是一條與眾不同的人魚！」鯉魚頭魚人感激地看向布布路。

但他話音剛落，就彷彿看到甚麼可怕的東西一樣，嘴巴張成「O」形：「你……你的魚尾怎麼裂了……不，不對，他不是人魚，是人類假扮的！快！快抓住他！」

壞了！布布路低頭一看，原來他剛才動作太大，導致魚尾裙的拉鏈鬆開了，偽裝被識破了！

呼啦一下，魚人士兵們全都圍上來。布布路他們被包圍了！

雲海國的魚龍公主
MONSTER MASTER 8

新世界冒險奇談
第六站 STEP.06

龍宮階下囚
MONSTER MASTER 8

恆空之都！龍宮的傳喚

布布路的假魚尾被當眾識破了，這下麻煩大了——

「抓住他們！」

「人類為甚麼跑到龍宮來了？」

「可惡，絕對不能輕饒迫害我們的人類！」

「各位長官，有話好好說，」餃子一副諂媚的表情，解釋道，「我們是送魚龍公主回龍宮的，絕無惡意！」

「琪琪，快告訴他們，我們不是壞人！」賽琳娜連忙向琪琪

求助。

　　但是士兵們根本不聽辯解，揮舞着武器朝他們砍過來。

　　「呵啊！」布布路忙甩出棺材當盾牌遮擋。棺材一落地，赫拉拉暈頭轉向地從裏面摔出來。

　　「跟我來！」赫拉拉拽着靠自己最近的賽琳娜就逃，水精靈控制着包裹琪琪的水球緊跟在後。

　　賽琳娜不放心地回過頭，發現三個男生被層層的魚人士兵困住了。

　　「大姐頭，你們快跑！」餃子大聲喊道，他和帝奇都卸去魚尾偽裝，召喚出各自的怪物。

　　「能逃一個算一個！」赫拉拉帶着賽琳娜和琪琪跳上一條大馬哈士魚船，衝出了港口。

　　布布路三人陷入苦戰。士兵們的數量愈來愈多了。更鬱悶的是，因為受高海拔影響，三個男生在打鬥中明顯感覺到力不從心，多動幾下就累得手腳都抬不起來。

　　「布魯！」隨着四不像警覺的一聲大叫，一張巨大的網從天而降，將布布路三人和他們的怪物全都罩在裏面。

　　魚人士兵一擁而上，將布布路三人捆得結結實實，還給每個人的手上都銬上一副珊瑚手銬。三隻怪物也被關進一個巨大的珊瑚籠子。在魚人士兵們的押送下，他們在港口上被一字排開，腳下是翻滾的海水。

　　「完了！他們該不會是要把我們扔進外環之海一了百了吧！」餃子悲觀地自言自語。

「恭喜你，猜對了！」為首的蜥蜴頭魚人士兵朝他們擠出一個難看的笑容，厲聲吩咐，「依據龍宮最高法律二百三十三條第五款，闖入龍宮的人類被抓獲後即刻執行海葬，行刑開始！」

海葬？他們一個個被捆得像蝦米，被扔進海裏只有死路一條！但是現在說甚麼都沒用了，餃子、帝奇和布布路對視一眼，沒想到他們居然會以這樣的方式結束自己的生命⋯⋯

「三、二、一！」倒數結束，一雙有力的手抵住布布路的背，眼看就要將他推下去。

噗噗，噗噗！蜥蜴頭魚人士兵突然從懷裏摸出一個貝殼，貝殼的嘴不停地一張一合。在蜥蜴頭魚人士兵按下貝殼裏的珍珠之後，就聽到貝殼裏傳出一個威嚴的聲音：「立刻將那幾個鬧事

的人類送到『恆空之都』來！公主要見他們！」

原來這個貝殼是像卡卜林毛球一樣的聯絡器！

「公主為甚麼要見我們？」布布路不解地問。

「不知道。」餃子也一臉困惑。

雖然不知對方葫蘆裏賣的甚麼藥，但值得慶幸的是，他們暫時沒有生命危險了。魚人士兵們將他們押上一艘最大的大馬哈士魚船。

大馬哈士魚撥開海水，逕直衝上一條寬敞的水道，逆流而上，繞過一層又一層的化石雲層，一路攀登到最高點，船衝出水道，在半空滑出一道弧度，穩穩落回湛藍色的水中。

眼前出現一座夢幻般的天空之城，形狀各異的化石雲上建

滿亭台樓閣、遊廊假山，無數螺旋上升的水道連接着這些建築，最高處屹立着一座氣勢恢宏的巨大宮殿，殿頂金光閃耀，神聖到幾乎令人難以直視。宮殿兩旁各色珊瑚玲瓏剔透。一邊白雲皚皚，一邊波光粼粼，無不賞心悅目，令人嘖嘖稱奇。

「這就是『恆空之都』嗎？好美啊！」儘管淪為了階下囚，布布路還是忍不住稱讚道。

「喂！我警告你們，『恆空之都』是龍宮裏的皇族 —— 魚龍族居住的地方，等一下要去覲見的是我們國家最尊貴的魚龍公主殿下！你們要是敢冒犯公主殿下，有你們好看的！」蜥蜴頭魚人士兵板着臉吩咐着，「快下船吧！」

三個人被推搡着上了岸。

「魚龍族，皇族？」餃子暗暗嘀咕道，「魚龍族是龍宮的皇族？那琪琪說不定真是個公主，對對對，一定是大姐頭帶琪琪回了皇宮，現在正等着為我們論功行賞呢！」

「噢，真棒！」布布路美滋滋地笑起來。

「做夢。」帝奇冷冷地給他們潑了一盆冷水，「要是這樣我們早就被鬆綁了。」

「吵死了，閉嘴！」蜥蜴頭魚人士兵的一聲厲喝粉碎了餃子的幻想。三個人被押着繞開宮殿門口那條用五顏六色的貝殼鋪就的皇家大道，被押上一條九曲迴腸的幽僻小路。蜥蜴頭魚人士兵輕蔑地說道：「只有座上賓才有資格走皇家大道！你們這些階下囚只能走小路！」

皇家宮殿大得不像話。布布路他們穿過長長的走廊，最後

被領進一個金碧輝煌的房間。房間正中擺着一把巨大的鎏金龍椅，只是房間裏面空蕩蕩的，一個人也沒有。

「好了，你們在這裏等吧！」蜥蜴頭魚人士兵留下這句話之後就走了。

三 額勒索！公主被綁架？

真是漫長的等待啊！布布路三人被捆得結結實實地坐在地上，連站都站不起來。在他們的旁邊，是關着巴巴里金獅、藤條妖妖和四不像的珊瑚牢籠。

所有人中只有帝奇最淡然，他隔着籠子挨着巴巴里金獅閉目養神。餃子安慰着被嚇壞了的藤條妖妖。四不像睡得口水流了一地，無聊的布布路只能一遍遍地打量着這個房間。

房間頂部是透亮的水晶雕砌而成的，好像火楓樹一般紅艷的天光毫不吝惜地射進來，所以房間裏非常明亮。正對着他們的牆壁上掛着一幅巨大的油畫，上面畫着一條巨大的藍魚在水中翻騰。嘖嘖，他本來覺得這個皇家宮殿已經夠大了，但是畫上的藍魚比皇家宮殿還要大十倍。普通的建築在它旁邊就跟路邊的石子一樣！

龍宮裏面竟然有那麼巨大的魚類，外環之海真是奇妙！但是──

「為甚麼那麼冷啊？」布布路打了個寒噤，忍不住朝帝奇身邊靠了靠。自從邁進皇家宮殿之後，他就覺得一股寒氣迎面襲

來，如同置身冰窖！真是奇怪，明明陽光灑在他們身上，卻一點都感覺不到溫暖，寒冷的感覺反而愈來愈明顯了。

餃子哆嗦着附和道：「天上的溫度本來就比較低，只是這龍宮也冷得太過分了。」

咕嚕咕嚕……布布路的肚子發出抗議。他愁眉苦臉地嘀咕：「好餓啊，魚龍公主肯定是忙着吃飯，都不管我們了！」

布布路話音剛落，就聽一把蒼老的聲音在他們身後響起：「你們這羣地上人，為甚麼要來龍宮為非作歹？」

哇！魚龍公主出現了嗎？大家連忙費勁地站起來。可當看清說話的人後，他們全都傻眼了。

這個「人」就是魚龍公主嗎？只見來人拄着一根珊瑚枴杖，

眉毛花白，臉上的皮肉皺在一起，脣邊還留着兩根長長的白鬍鬚，最奇怪的是後背上還背着一個像奶油蛋糕花似的龜殼。

「魚龍公主長得好像烏龜啊！」布布路誠實地表達着內心的感受。

「噓！」餃子頭疼地示意布布路閉嘴，將一雙狐狸眼瞇成月牙兒的形狀，殷勤地鞠躬說，「尊貴的魚龍公主，您誤會了。其實我們來這裏是為了護送一位魚龍族的朋友回家。她一個人孤獨無依地流落在地上世界，非常可憐。除此之外，我們甚麼壞事都沒做！」

「一派胡言！」烏龜生氣地衝着餃子嘶吼，「我還不瞭解你們這些狡猾的地上人？謊話編得再好聽也沒用！趕快交代，你們把

公主綁架到哪裏去了?」

說完,烏龜將一張皺巴巴的紙摔到餃子臉上,似乎在說,這就是證據,看你們怎麼賴賬!

三人忙定睛看去,就見紙上用歪歪扭扭的字跡寫着——

我們綁走了魚龍公主!準備一百億西索里布!擇日,我們會通知交易地點!不許張聲,不然我們就殺掉公主,到時麻煩的是你們!(備註:外環之海的貨幣,一百西索里布=一盧克)

「甚麼?魚龍公主被綁架了!那這隻烏龜是誰?」布布路扭頭問兩個同伴。餃子和帝奇也是滿頭霧水,三人全都用疑惑的神情看向烏龜。

烏龜用枴杖敲擊地面,吹鬍子瞪眼地說:「不要裝糊塗!我是龍宮中最忠於職守的龜丞相,從我出生至今,侍奉着魚龍族已經超過三千年了!你們這些外來者我也見過不少,都是為了龍宮的財富而來!把公主交出來,我可以給你們十擔清水珍珠,十擔血紅珊瑚,這些東西拿到地上世界價值至少一億盧克!」

一億盧克!

餃子的心狠狠顫了一下,但是他們沒有綁架魚龍公主啊!等一下,餃子突然想到了甚麼,壓低聲音得意地對布布路和帝奇說:「我就說嘛,琪琪一定就是龜丞相口裏說的魚龍公主,她被馬戲團的人綁架了,又被我們救了!」

「沒錯!」布布路恍然大悟,「一定是這樣!」

「所以，我們應該是解救公主的大功臣！」餃子心裏打起小算盤，龜丞相總應該表示表示吧？

「你覺得他會相信我們嗎？」帝奇冷冷地打斷餃子的美夢。

龜丞相氣呼呼地看着他們，似乎認定他們就是綁匪。

「龜丞相，您誤會了，」正當餃子絞盡腦汁地想着怎麼說服龜丞相時，就聽到布布路傻乎乎地說，「我們跟魚龍公主是好朋友，但在城門口走散了。不過放心，公主現在和我們的同伴在一起，讓我們去把她找回來吧！」

這個單細胞生物又不打自招！餃子頭痛地撫了撫額頭，這下他們徹底解釋不清了！

「你們居然還有同黨！」龜丞相氣得臉都白了，「我警告你們，如果公主出了甚麼意外，你們就等着被砍頭吧！」

「丞相，我看這些地上人不吃點兒苦頭，是不會交代公主的下落的。把他們交給我吧！再派人去追查他們的同黨。龍宮已經戒嚴，他們逃不了的！」一個身材精壯的虎刺魚人從龜丞相背後閃出來，張開的嘴巴裏滿是鋒利的尖牙，雙臂青筋暴起，背着厚重堅實的芒刺殼甲，兇悍的眼神狠狠地瞪着布布路他們。

龜丞相沉吟了一下，點頭道：「好的，萊特，你是皇家護衛隊隊長，這些地上人就交給你了。」

「是！」萊特隊長冷笑着走到布布路他們面前，厲聲道，「來人，把他們關進天牢！」

這是成為怪物大師的必經之路!!!

尊敬的讀者：現在你跟隨布布路一起踏上了成為怪物大師的道路！向所有的困難發起挑戰吧！

預備生年度鑒定考核

Q03

連桌宴是以下哪個國家或地區特有的待客之道？（歷史基礎知識單選題）

A. 奧古斯　　　B. 卡加蘭

C. 巴勒絲　　　D. 恆空之都

答案在本頁底部，答對得３分，你答對了嗎？

布布路： 連桌宴啊……一想到這個，口水就忍不住嘩啦啦地流下來了！

餃子： 說起來，黑鷺導師私下曾詢問過我，覺得目前我們所去過的哪個地方的伙食比較好，他準備下次和白鷺導師從裏面選個地方去度假。布布路，不如你來回答這個問題吧。

布布路： 嗯，我覺得四個地方都有美味的肉食，所以都不錯！

賽琳娜： 你這傢伙難道不知道多吃蔬菜和水果才是健康之道嗎？

餃子： 啊呀呀，那我要怎麼和黑鷺導師報告呢？

帝奇： 奧古斯現在屬於不定期移動的狀態吧，巴勒絲在重建，要去恆空之都必須等明年的水龍捲，所以告訴黑鷺導師去卡加蘭吧！

其他三人： 原來如此。（恍然大悟）

完成這個測試後，你可以鑒定自己是否具備了成為怪物大師的能力。

測試結果就在第八部的 210，211 頁，不要錯過哦！！

新世界冒險奇談

第七站 STEP.07

意想不到的營救者

MONSTER MASTER 8

牢獄之災

龍宮的天牢在皇宮深處，是用巨大的海螺建造而成的。不但從外面看上去不起眼，裏面也又小又擠，寒風一個勁兒地往裏灌。布布路三人和他們的怪物都被扔進一間狹窄又處處透風的海螺形牢房裏，叫苦連連。

「好冷啊！」布布路不停地哆嗦，肚子也不安分地咕嚕個不停。

「布魯！布魯！」四不像齜牙咧嘴地大叫，又嫌冷又嫌餓。藤

條妖妖縮在巴巴里金獅肚子下面取暖，可就連長着厚厚長毛的巴巴里金獅也在不停地顫抖。更不要說餃子和帝奇了。餃子的牙齒咯咯直響，帝奇凍得臉都白了，卻還硬撐着保持盤膝坐在地上的姿勢。

「看來不必砍我們的腦袋，我們就會先凍死了！」餃子嫉妒地看向牢門外。幾個負責把守的虎刺魚人穿着厚厚的軍服外套，凶神惡煞樣地向布布路他們投來厭惡的目光。

「也……也不知道大姐頭和琪琪她們怎樣了……」布布路牙齒打顫地說。

「我倒巴不得她們能被抓住，這樣琪琪就知道我們被關在這個該死的地方了。如果她開口求情，我們就能出去了！」餃子滿懷希望地說。

「做夢吧！」帝奇鐵青着臉說，「你們忘記在龍宮門口的事了嗎？這裏的魚人族和人魚族明顯恨死人類了，他們不會放過我們的！」

那就是說即便琪琪平安回來，他們幾個也沒有離開這間牢房的可能了？布布路狠狠歎了口氣，好餓啊！

這時，牢門外傳來一陣踢踢踏踏的腳步聲。

「吃飯時間到了！」兩個穿軍服、從頭到腳包裹得嚴嚴實實的衛兵走進牢房，手上提着香氣四溢的食盒。

「太……太好了！終於有飯……飯吃了！」布布路猛吞一口口水，和四不像一起超沒志氣地抓着牢門，雙眼放光地盯着兩個衛兵手中的食盒。

兩個衞兵像沒看到他們似的，提着豐富的菜餚屁顛屁顛地向看守長奔去。

「哼！你們這些地上來的卑鄙無恥的害人精還想吃飯？為了財寶綁架公主，就算關在這裏一輩子也活該！如果我是侍衞長，早就將你們砍頭了，咔！咔！咔！」看守長厭惡地瞪着布布路三人，不高興地朝那兩個送飯的衞兵哼哼道，「今天怎麼這麼晚？」

送飯的衞兵諂媚地說：「對不起！對不起！我們是新來的，不太認識路……尊敬的大人，請！」

看守長膩煩地揮揮手說：「放下食物出去吧！」

「好的，大人，您慢用。」兩個衞兵唯唯諾諾地退了出去。

看守長和看守士兵們紛紛打開食盒，大快朵頤。誘人的香氣讓布布路感覺肚子更餓了。他用鼻子嗅了嗅，突然露出奇怪的表情。

「怎麼了，布布路？」餃子好奇地問。

布布路困惑地說：「我總覺得空氣中有股熟悉的味道，不過……我想不起來在哪裏聞過了。」

「等一等，」餃子也用鼻子聞了聞，說，「這個味道我也聞過，好像是……」

他話音未落，就聽見咚的一聲，看守長忽然失去意識，倒在地上不動了！

咚咚咚──緊接着，其他的看守也接二連三地倒下了……

「看來我沒弄錯，」餃子賊笑着說，「我們的老熟人來了。」

布布路還沒有弄明白，就見餃子和帝奇都目光灼灼地看向

天牢的入口處。

臨時同盟

　　兩道黑影迅速地躥進牢房，是剛才那兩個送飯的衞兵。他們扯去頭上的偽裝，露出兩張熟悉的面孔。

　　「愛克斯團長！鬍子大叔！」布布路恍然大悟，「難怪我覺得氣味那麼熟悉。」

　　可是，他們怎麼也跑到龍宮來了？布布路警惕起來：「你們不會是來抓琪琪的吧？」

　　「沒有，沒有，你們誤會了，」愛克斯團長笑着擺擺手，「我們是來救你們的！」

　　「是啊，是啊，」在愛克斯團長的眼神示意下，耍飛刀的鬍子大叔也連聲應和地說，「我還沒自我介紹吧，我是飛刀傑克！」

　　他友好地向布布路三人伸出手，但是沒有人接。

　　帝奇冷冷地揭穿他們：「你們偷偷跟着我們的方舟混進龍宮，難道是為了來救我們的嗎？」

　　「呵呵，」餃子皮笑肉不笑地說，「如果我沒有猜錯的話，雪山上那些冰雪突然瘋長似的扒住方舟，也是你們耍的小把戲吧？本來你們是打算劫持方舟的，只可惜沒有成功，對不對啊？」

　　「這個嘛……」愛克斯團長露出心虛的表情，「過去的事情就不說了，雖然我們是跟着你們的方舟上來的，但是水龍捲把我們的船徹底毀了，除了我和傑克，馬戲團其他的人全都不見

了……現在我們只想能活着回到地上去。」

　　說到這裏，愛克斯團長流下兩行熱淚，但他絲毫沒有獲得布布路三人的同情。

　　「活該！」帝奇冷冷地說。

　　「好了，有甚麼事你快說吧！一會兒就該有人來這裏巡視了。」餃子精明地說，「我想要是沒有好處，你們才不會來救我們吧？」

　　「好，那我們就直說了，」愛克斯團長認真地說，「我想你們也發現了，這裏的人魚族和魚人族都特別恨人類，現在龍宮戒嚴了，光憑我和傑克是不可能逃出去的，我們需要幫助。既然我

們都是人類，在這種時候應該結為同盟，一起逃出龍宮，怎麼樣？」

「如果不是因為你們綁架了琪琪，我們現在也不會在這裏！」布布路不領情地說。

「冤枉啊，我們從來沒有來過這裏，」愛克斯團長指天發誓，「這次如果不是靠你們的方舟開路，我們根本上不來！不瞞你們說，琪琪是我花重金從黑市買的。」

「好吧，就算我們願意暫時跟你們結盟，恐怕要離開也很難，」餃子接話，「這裏是幾萬米的高空，受氣壓的影響，我們的行動力也大打折扣。」

「這個不要緊，」愛克斯團長連忙從褲兜裏掏出一瓶藥丸遞給餃子他們，「這個是專門治高空反應的高級藥。」

餃子接過來仔細看了看，又嗅了嗅，給帝奇和布布路遞了個眼神，表示藥的氣味和赫拉拉給琪琪服用的藥是一樣的。三人各自服下一顆藥丸，很快覺得原本壓着身體的大石頭消失了，整個人都輕快許多。

與此同時，飛刀傑克也摸來看守長的鑰匙，在三人面前晃了晃，意思是能不能出來就看他們願不願意合作了。

「既然如此，我們就暫時合作吧……」餃子話沒說完就被布布路打斷了。

「餃子，我們怎麼可以跟他們合作？」布布路斬釘截鐵地說，「他們太壞了！」

「我也不要！」帝奇也反對。

「不好意思，我們開個小會！」餃子一邊說，一邊將兩個人推到一邊，苦口婆心地說，「我說，這種時候我們想辦法先出去嘛，雖然他們不可靠，可就像帝奇剛才說的，龍宮的人不會放過我們的，除了越獄我們別無選擇！而且最關鍵的是，我們得趕緊找到大姐頭她們啊！」

布布路想了想，終於不太情願地說：「好吧！」他也很擔心賽琳娜和琪琪，還有那個更加靠不住的赫拉拉。

「如果他們耍花招，我絕不客氣！」帝奇簡短地說，也同意了。

咣噹──牢門被打開了，他們終於自由了！為了行動方便，餃子和帝奇將怪物收進了怪物卡。

「布魯！」四不像滿足地叫了一聲，貪婪地衝向看守們還沒吃完的食物。

「站住，四不像！」布布路忍住肚餓，死死拉住四不像，「那些東西下了迷魂藥，不能吃！」

餃子飛快地扒下看守的衣服丟給大家，吩咐道：「穿上，趕緊離開這裏！」

幾分鐘後，幾個打扮得怪裏怪氣的「看守」明目張膽地溜出天牢……

雲海國的魚龍公主

MONSTER MASTER 8

新世界冒險奇談
第八站 STEP.08

英雄的道路，小偷的行為
MONSTER MASTER 8

暗藏玄機的蘑菇水簾

「走這邊！」在愛克斯團長和飛刀傑克的帶領下，布布路一行人小心地在昏暗的通道裏穿行着。可是，皇宮太大了，走廊很多，岔路很多，沒多遠就會遇到巡視的皇家衛兵。大概是因為之前發生公主被綁架的事情，守衛非常森嚴。

為避開衛兵，大家左躲右閃，大大影響了前進的速度。而且，愈往前走衛兵好像愈多了。

「等一等，」餃子忍不住拍了拍愛克斯團長的後背，問道，「你

對皇宮的結構瞭解嗎？」

「噓！」愛克斯團長連忙衝他比個噤聲的手勢，等一隊巡邏衛兵過去之後，才小聲地說，「不瞞你們說，我大致上是……不瞭解的！是在龍宮門口看到你們被抓了，才臨時趁亂幹掉兩個衛兵，扮成他們的樣子偷偷跟到這裏來的。」

「不過……」愛克斯團長語調一轉，目露凶光地說，「我們去找龜丞相，好好逼問一下，這樣不但能離開這裏，還可以弄清回地上的辦法。」

「皇宮這麼大，你們知道龜丞相在哪個房間嗎？」餃子懷疑地看着這兩個不靠譜的臨時同盟，恐怕一旦出了事情，愛克斯團長就會立即拿他們當擋箭牌。

「之前你們受審的時候，我們溜進龜丞相的房間，緩解高空反應的藥就是在那裏拿的！我知道他就在……」愛克斯團長還沒來得及說明那個房間的方位，就聽到空氣中傳來爆炸般的尖叫聲：

「警報！警報！地上人越獄了！」

「皇宮速速戒嚴，速速戒嚴！」

咕嚕……咕嚕……布布路的肚子不合時宜地響了。

「我看見他們了！在那裏！」一隊衛兵朝他們藏身的地方衝過來了。

「不好，快跑！」愛克斯團長大叫一聲，和飛刀傑克率先開溜。

「嗬呀！」帝奇朝着衛兵們甩出一把暗器，暫時拖慢他們的

速度。趁這個時機大家慌不擇路地跟着愛克斯團長拚命往前跑。

一番躲閃之後，愛克斯團長帶着幾人拐進一條不起眼的甬道，後面追兵的聲音愈來愈小了，幾人終於鬆了口氣。

「餃子，你看，是巨大的藍色蘑菇！」布布路吃驚地指着前方。

嘩啦啦，嘩啦啦——

大家順着布布路的手指看去，只見甬道連接着一個巨大的流動水簾，水簾的頂端長着一朵朵碩大的藍色蘑菇，每一朵蘑菇下面都垂着一根粗壯的菌絲，流水順着蘑菇的菌絲歡快地流動着。

「水是流動的，」餃子驚喜地說，「這說明這裏有通道通向外面！」

哈哈！沒想到他們誤打誤撞居然找對了地方。只不過……幾人找了找，怎麼找也沒找到那條水路通道，水流就好像被甚麼東西吞掉了一樣。

「我想起來了，」愛克斯團長突然一拍腦袋，興奮地說，「我們家族有個代代口耳相傳的龍宮傳說，其中提到一個隱藏機關叫藍蘑菇陣，我想應該就是這個了。這麼說來，出口很有可能是被這些蘑菇堵住了，要啟動之後才能打開。」

他的家族怎麼會知道龍宮的隱藏機關傳說？餃子腦子裏堆滿疑惑，但他還沒來得及細想，布布路就在愛克斯團長的指使下拉起一根蘑菇菌絲，愣頭愣腦地問道：「拉這個就可以了嗎？」

嗡——

布布路拉動菌絲的一瞬間，水簾的水瞬間炸開，無數根細長黏滑的菌絲閃電般躥出，全都纏到布布路身上。

　　糟了，中陷阱了！布布路想向後退，但無數的菌絲纏住他的身體，愈來愈緊，蘑菇一下子漲大了，水簾漸漸消失，看起來它們想將布布路和水一起吞噬。

　　「不好……肚子好餓，沒力氣，我掙脫不了了……四不像……」布布路朝四不像求助。

　　四不像瞪着銅鈴般的眼睛，嫌棄地連連後退。

　　這個沒義氣的傢伙！啊，這些菌絲愈纏愈緊了，布布路連抱怨的力氣都沒有了。

　　唰唰唰！帝奇出手了。三隻被火石點燃的暗器準確無誤地朝纏住布布路的蘑菇菌絲射去。這些蘑菇似乎很怕火，幾根被射中的菌絲頃刻間乾枯，周圍的菌絲害怕地縮了回去。

「這不是蘑菇，而是海綿水母！」帝奇冷靜地說，「它們平時很像蘑菇，一旦吸水就會像海綿那樣膨脹。那些像菌絲一樣的細絲是它們的觸手，只要一碰便會緊緊纏住碰觸它們的東西，但它們很怕火，我再用火石試試！」

「剛才是你慫恿布布路去碰那個東西的吧？」餃子陰森森地質問愛克斯團長。

「我沒有想到那東西那麼危險，」愛克斯團長心虛地說，「我記得傳說裏說，只要拉開那個藍蘑菇，就會出現一面石壁……咦，你們快看，那些觸手後面的是不是石壁？」

餃子扭過頭，正如愛克斯團長所說，水母細細的觸手後，隱隱地露出一塊石壁，上面還有一個圖案奇怪的凹槽。

「那個凹槽應該就是開啟機關的鎖眼，」飛刀傑克沮喪地說，「可惜……我們沒有鑰匙。」

「不會那麼巧吧？」餃子似乎想起甚麼，難以置信地看着那個形狀眼熟的凹槽，像變魔術一般從口袋裏掏出一個形狀怪異的閃亮貝殼，接着一個燕子空翻，輕輕一躍而上，將貝殼嵌進那個凹槽裏。

轟隆一聲響，所有的海綿水母都彷彿聽到號令一般收起觸手。

「得救了！」布布路終於從水母觸手的糾纏中解脫出來。

在緩緩收起的水母觸手後面，一面巨大的石壁緩緩打開了……

藏寶聖域和英雄之路

「你……你怎麼會有藏寶庫的鑰匙？」愛克斯團長瞠目結舌地看着餃子，「那可是只有皇族才有的東西啊！」

「藏寶庫？皇族？」餃子和帝奇同時瞪了愛克斯團長一眼，這傢伙果然有陰謀！

刺眼的光芒從裏面傳出來，所有人都露出驚愕不已的表情。石壁的後面的確是一個藏寶庫，而且還是一個前所未見的巨型藏寶庫！光是入口處就堆滿琳琅滿目的奇珍異寶。

他們鑽進入口。藏寶庫裏擺滿堆成小山似的金銀、翡翠、瑪瑙、晶石、珊瑚和珍珠。這些寶貝閃爍着耀眼的光芒，將原本暗沉沉的藏寶庫照得亮如白晝。

「看來你很清楚裏面是甚麼嘛！」餃子摸着下巴，似笑非笑地說，「我就說嘛，慌不擇路的情況下怎麼正好能找到這麼隱蔽的甬道，還知道這是甚麼地方……看來你們之所以救我們出來，是想利用我們來龍宮的藏寶庫偷東西啊！」

「這個嘛，」愛克斯團長尷尬地堆着笑臉，「實在不好意思，我們倆沒甚麼戰鬥力，所以才想仰仗你們幾個怪物大師預備生……反正這裏財寶很多的，大家有財一起發嘛！」

「哼！」帝奇冷冷地哼一聲，一腳踹飛滾落在他腳旁的一個綴滿五彩晶石的聖盃。

「哇，那可是好東西！」愛克斯團長心疼地搶上前去，將那個聖盃揣在懷裏。雙目放光的飛刀傑克緊隨其後，貪婪地在財

寶堆裏打起滾來。

餃子忍不住嚥了口口水：「這裏的寶藏簡直深不見底！龍宮真是太了不起了！」

「財迷心竅！」帝奇鄙視地瞪了餃子一眼。

「最值錢的寶物一定在寶庫最深處！」愛克斯團長不知從哪裏變出個大麻袋，手一揮，帶領飛刀傑克迫不及待地衝了進去……

「我們也跟過去看看，不知道他們還要玩甚麼花樣！」餃子招呼布布路和帝奇跟上。

咕嚕嚕 ——

好餓啊！布布路和四不像雙雙無力地趴在地上，肚子餓得像兩隻泄氣的氣球，對周圍的寶藏一點興趣都沒有。

突然，布布路的目光頓住了，地面上有東西……

只見澄金的地面上龍飛鳳舞地刻着四個字，那是布布路乃至整個影王村異常熟悉的名字 ——「焰角‧羅倫」！上面還刻着這樣的一段話：

拋開這條無盡延伸的英雄之路，在繼續向前踏出的腳步中，我領略到生命的真諦。

特此向至高無上的魚龍族致敬！

焰角‧羅倫

名字的下面還有一對手印，是焰角‧羅倫的手印嗎？

噢噢噢，布布路驚訝得鼻子幾乎貼到地面上。原來十影王之一的焰角‧羅倫也來過龍宮啊！布布路激動地比了比，那手印比他的手大出足足一圈。

「餃子，帝奇！原來焰角‧羅倫也來過這裏！」布布路激動地跳起來大叫，想要跟同伴分享這個消息。

嘟嘟嘟──

一陣刺耳的尖嘯聲從藏寶庫深處傳來，蓋過布布路的聲音。

「對……對不起！」愛克斯團長和飛刀傑克哭喪着臉跑過來，他們指着藏寶庫深處一個異常巨大的藏寶箱，可憐巴巴地說，「我們一打開那個寶箱就……」

「不好，這是隱藏警報……」餃子還沒說完，就聽到一陣匆促的腳步聲，一羣虎刺魚人氣勢洶洶地衝進來。最前面的領隊正是把他們丟進天牢的萊特隊長。

萊特眼中燃着熊熊怒火，吼道：「這就是你們的同伙吧？邪惡的人類為了錢財真是甚麼事都做得出來！不但綁架尊貴的魚龍公主，還膽敢偷偷闖入我們的藏寶聖域──英雄之路！拿下！」

「甚麼？綁架魚龍公主？」愛克斯團長驚慌失措地看向餃子，「你們不是因為私闖龍宮才被關起來的嗎？」

「啊，忘記告訴你們了，」餃子笑裏藏刀地說，「你們大概還不知道吧？琪琪真的是魚龍族的公主！你們才是真正的綁架犯哦，想要活命的話就趕緊……嘿嘿，跑吧！」

大家全都瘋狂地朝藏寶庫的深處跑去。憤怒的虎刺魚人軍團緊緊地跟在後面，根本不給他們一點喘息的機會。

「喂！如果……前面……是死胡同怎麼辦？」愛克斯團長氣喘吁吁地問。

「那就把你們扔出去，反正你們才是罪魁禍首！」餃子毫不

猶豫地說。

「等等！」跑在最後的布布路突然站住了，目不轉睛地看向道路邊一個不起眼的角落，那裏立着一尊威武的龍雕塑，一隻龍眼中鑲嵌着一顆血紅色的水晶球。布布路呆呆地說：「我看到水晶球裏有一條龍！」

「別看了，快跟上！」餃子急得一個辮子甩過去，拉住布布路的手臂就往前拖，「甚麼龍不龍的，再被抓住就不是關大牢那麼簡單了！」

唰唰唰！

身後的虎刺魚人軍團向他們投擲魚叉了！愛克斯團長背上的麻袋被刺破了，搜刮的財寶撒了一路。

「啊！我的財寶！」愛克斯團長哀號不止。

「布魯！」緊緊抱住棺材的四不像不滿地拍打着布布路的頭，催促他跑快一點，躲避危險。

「不好！前面真的⋯⋯沒路了！」跑在最前面的餃子停了下來。

路的盡頭是一個寬敞的華麗露台，垂直陡峭的露台下是翻騰的護城河，他們無路可逃了。

「別追了！」走投無路之下，布布路轉過頭，對着虎刺魚人軍團大喊道，「我們真的沒有綁架魚龍公主，也沒有想偷任何財寶！」

⋯⋯沒有綁架魚龍公主⋯⋯

⋯⋯沒有想偷任何財寶⋯⋯

露台上的擴音喇叭將布布路的聲音傳送出去，整個外環之海都迴盪着他的聲音。

所有的虎刺魚人都目瞪口呆地盯着布布路，露出無比恐懼的神情⋯⋯

預備生年度鑒定考核

Q04

以下哪些機構或團體不隸屬於怪物大師管理協會？（怪物大師基礎多選題，全部選對才得分，多選或者少選都不得分）

A. 科考研究所　　　　B. 黑暗潛行者

C. 摩爾本十字基地　　D. 烏洛波洛斯

E. 至尊廚師團　　　　F. 鐵蹄骨槍團

答案在本頁底部，答對得 5 分，你答對了嗎？

尼科爾：基於許多人都誤會我們十字基地是隸屬於怪物大師管理協會的機構，我在此想做一下解釋。事實上，各個怪物大師培訓基地與各地的怪物大師工會都是獨立運作機構，經由各個培訓基地頒發的怪物大師資格證可在藍星通用。怪物大師管理協會則是對培訓基地和工會起到統籌的作用，比如當管理協會接下一個任務後，會考慮讓哪個機構去完成。

黑鷥：不過管理協會發來的任務通常都是 A 級以上，甚至 S 級的機密任務，像你們這種小鬼頭暫時是接不了這種等級的任務的！（笑瞇瞇）

布布路：好想參與哦，A 級任務，S 級的機密任務……聽上去就好刺激！

白鷥：（嚴肅）我覺得你們還是努力不要再度成為吊車尾的小隊比較重要！

完成這個測試後，你可以鑒定自己是否具備了成為怪物大師的能力。
測試結果就在第八部的 210，211 頁，不要錯過哦！！

雲海國的魚龍公主
MONSTER MASTER 8

新世界冒險奇談
第九站 STEP.09

舉國震驚，魚龍國的大事
MONSTER MASTER 8

前後夾擊，護城河下的生路

　　時間彷彿定格在這一瞬間。

　　所有的虎刺魚人都充滿恐懼地看着布布路，萊特隊長的臉色漲成豬肝色，如夢初醒地咆哮：「渾蛋……公主被綁架這件事對外是絕對保密的！你這個該死的傢伙，居然全都說出來了！」

　　……公主被綁架這件事對外是絕對保密的……

　　……居然全都說出來了……

外環之海再度迴盪起爆炸性的消息！

不好！萊特隊長馬後炮似的捂住嘴，好像這樣就能將那延綿不斷迴響的聲音也堵住一樣。可是大錯已經鑄成，外環之海傳來無數驚恐的呼聲，整個國家都為此沸騰了！

萊特隊長惡狠狠地瞪着布布路他們，惱羞成怒地說：「把這些傢伙全部拿下！死活不論！」

虎刺魚人士兵手持長矛將布布路他們團團圍住，露台下面是水波洶湧的護城水道，青黑色的巨大食人魚露出鋒利的牙齒，飢腸轆轆地等着從上面掉下來的美食。

前面是強勁的虎刺魚人軍團，後面是飢餓的食人魚，不管哪條路都是死！怎麼辦？

「愛克斯團長……」餃子本打算向愛克斯團長提作戰計劃，沒想到他剛剛轉過身，就將對方嚇了一大跳。

「別……別把我交出去，哇啊啊啊！」已經退到露台邊緣的愛克斯團長腳下一滑，跌下露台。魂飛魄散的他本能地抓住離他最近的飛刀傑克的腳踝……

「哇啊啊！」兩個人一同跌落到護城河裏。

咔嚓！咔嚓！等待已久的食人魚蜂擁而上，將他們兩個吞沒了。

「我……沒想把你們交出去……」餃子目瞪口呆地看着下面漸漸變紅的河水，不敢相信那兩個討厭的怪人就這樣莫名其妙地死了。雖然他們心腸不好，又詭計多端，但是親眼看到他們死掉，布布路三人還是不免感到一陣難過。

「哼！這就是罪惡的人類應有的下場！」萊特隊長被仇恨填滿，沒有流露出絲毫的憐憫，輕蔑地指着布布路三人下達命令，「抓住他們！一個都不許放過！」

「嗬呀！」帝奇朝着擁上來的虎刺魚人軍團甩出一大把飛刀。可是這次虎刺魚人士兵有了經驗，他們將手中的長矛舞得虎虎生風，噹噹噹——擋住了帝奇的飛刀。

眼看虎刺魚人軍團距自己只有一步之遙了，望向護城河的布布路表情突然變了。

「那是……」

「布布路，你的身後！」餃子正使出古武術應付三個衝上來的虎刺魚人士兵，一扭頭正好看到四五個虎刺魚人士兵舉着長矛從背後刺向布布路，嚇得疾呼提醒。

布布路微微躬身，長矛齊齊地刺在棺材上，他躲過一劫。

「布魯！」四不像惡狠狠地撲向一個虎刺魚人士兵手中的長矛，啊嗚一口將矛頭咬斷。

「餃子，」趁着虎刺魚人士兵被四不像攪擾分神的時機，布布路指着露台下的護城河，很肯定地說，「下面有聲音……好像是甚麼東西在靠近！」

「啊？」餃子傷腦筋地往下瞧。這些虎刺魚人士兵已經讓他們應接不暇了，居然又來了援軍！

咕嚕嚕——護城河面冒起泡泡，轟的一聲炸開了，一道銀色的光芒躍然探出水面。

「喂，你們要活命的話，趕緊跳下來！」一個陌生的聲音從

下面傳來。就見一艘由四條大馬哈士魚牽引的銀色的船赫然出現在露台的正下方，船頭一個人影正朝布布路他們揮手……

　　儘管距離有些遠，布布路三人還是從輪廓判斷出那是一個陌生的人類男子。

　　「他們的同黨來接應了，大家上啊！絕對不能讓這些該死的狡猾人類逃跑！」萊特隊長坐不住了，親自衝上陣來。

　　「我們要不要下去？」餃子有點猶豫。下面那人不知是敵是友，貿然跳下去會不會太冒險了？可是，如果不跳，等待着他們的只剩死路一條。

　　「布魯！」在餃子思考的同時，四不像歡快地跳了下去，布布路緊隨其後。餃子又驚又氣地嘀咕道：「這兩個傢伙，每次都這樣！」

「算了，跳吧！」餃子懶得再想了，向帝奇示意之後，兩人也跟着布布路跳了下去。

神祕人的幫助

「不好，他們逃了！」虎刺魚人士兵們將手中的長矛全都擲過去。

咚，咚，咚！「布魯！」布布路三人和四不像準確地落在接應的船上，數根長矛緊追着他們的腳後跟插到船上，船體東倒西歪。

沙沙沙！水下的食人魚聚集過來，不過它們似乎很害怕拉船的大馬哈士魚，並未撲上來攻擊。

「各位抓穩了！」船上站着的那個人自始至終都沒有露出絲毫的慌亂。他叮囑完布布路三人，之後跺了跺腳，四條大馬哈士魚如同離弦的箭一樣衝了出去。

「該死的地上人，我不會放過你們的……」萊特隊長的怒吼聲在擴音器的幫助下遠遠地傳來，「傳令下去，全城封閉，務必抓住他們！」

不管怎麼說，他們總算脫離了危險！

餃子長長地舒了口氣，布布路則好奇地打量着那個搭救他們的人。他穿着一身鐵甲，還戴着拉風的魚鰭造型頭盔。頭盔蓋住他的半張臉，只露出堅毅的嘴角。

「你好，謝謝你救了我們，我叫布布路，這是我的同伴餃子

和帝奇。」布布路自來熟地湊過去搭話，「我們這是要去哪兒呢？」

頭盔人看了他一眼，淡淡地說：「不用謝！我送你們去安全的地方。」

說完，頭盔人又跺了跺腳，四隻大馬哈士魚心領神會地拉着船向右拐進一條幽暗的水道，船身也變成了不起眼的藍色。看來這個人很懂得怎樣規避危險，餃子和帝奇交換了一個眼色。

「對不起，閣下，有個問題我必須要問，」餃子抱拳說道，「您似乎對龍宮的地形很熟悉啊，不像是初來乍到的人類，方便告訴我們您的身份嗎？」

「我叫阿方索，是個冒險家，以前假扮成魚人來過龍宮一次，所以對這裏稍微有些瞭解。」頭盔人含糊地回答。

這分明是說謊，他對龍宮水道的熟悉程度分明不是「有些瞭解」那麼簡單嘛。

「你為甚麼救我們？」帝奇不信任地看向阿方索。

「因為……他！」阿方索指指布布路。

因為布布路？餃子和帝奇面面相覷，布布路更是丈二和尚摸不着頭腦，他可不認識阿方索！

「今天你們在龍宮門口被抓的時候，我也在，」阿方索讚賞地看着布布路，「我沒想到身為人類的你會為魚人求情。所以我覺得你們絕對不可能是綁架魚龍公主的人！可以告訴我，你為甚麼那麼做嗎？」

這話聽起來怎麼那麼彆扭啊，就好像他不是人類一樣！

「需要理由嗎?」布布路困惑地問,「他們對那個鯉魚頭魚人大叔不公平!我想幫他!」

「呵呵,」阿方索笑了起來,「你和我父親的一個朋友很像!你帶着怪物,是怪物大師吧?那個人也是怪物大師,他叫焰角·羅倫。」

「甚麼?你爸爸認識焰角·羅倫!」布布路嘴巴張成巨大的○形,激動又自豪地說,「我跟焰角·羅倫是一個村子的!雖然我現在還是一個怪物大師預備生,但我相信自己將來一定能成為像他一樣了不起的怪物大師!」

「喂,布布路,」看到布布路毫無機心地跟阿方索有說有笑,餃子頭痛地將他扯到一邊,小聲說,「拜託,焰角·羅倫是幾千年前的歷史人物,至少也應該是他曾祖父的曾祖父的曾祖父的

曾祖父……級別的人物，怎麼可能是他父親的朋友？」

　　好像是哦！布布路抓着後腦勺，愣愣地看向餃子，用口型問：莫非我又被騙了？

　　餃子無語地望着遠方。

人心惶惶，可怕的滅頂之災

　　「岸上出事了！」帝奇警惕地看着水道旁的龍宮街道。

　　無數人魚和魚人居民正絕望地在街頭巷尾奔走着，滿臉恐慌，失聲哭叫，好像世界末日到來一樣混亂。

　　「我們沒救了！」

　　「沒有了魚龍公主，整個龍宮都要覆滅了！」

「外鄉人綁架了魚龍公主，一定要用最殘酷的手段報復他們！」

「他們似乎對魚龍公主被綁架的事情很害怕啊⋯⋯」餃子摸着下巴說。可是，就算公主身份高貴，深得民心，她不見了又和龍宮覆滅有甚麼關係呢？情況有些不對勁。

「不，他們害怕的是冬眠，龍宮兩百年一次的冬眠日就要來了。」阿方索神情複雜地看着水道兩旁逃命般的人魚和魚人居民，眼中有憐憫，也有痛恨。

「冬眠日？」布布路三人不解地看着阿方索。

「對生活在龍宮裏的魚人族和人魚族來說，那是一個可怕的死亡日。」阿方索耐心地向他們解釋道，「根據藍星的運行規律，這裏每兩百年會迎來一次長時間的冰凍期，整個外環之海都會被冰雪凍結，變成一個死寂的世界。如果沒有魚龍公主的庇護，大家無法度過冰凍期！還有你們，如果不趕在那之前回到地上，也會被活活凍死！」

原來是這麼回事！難怪龜丞相不惜一切代價地尋找魚龍公主，難怪當布布路說出公主不見了的時候，那些虎刺魚人士兵露出那麼恐懼的神情！

赫拉拉之前也提到過所謂的「滅頂之災」⋯⋯餃子和帝奇對視一眼，心裏大致有數了。

「怪不得我覺得龍宮好冷，原來是臨近冬眠日了！」布布路恍然大悟。

阿方索點了點頭，補充道：「這是龍宮的事情。你們是人類

中的友善之輩，在這種危險的時候還是不要冒死留下來了，趕緊離開！」

布布路深深地吸了口氣，斬釘截鐵地說：「不，我不走！」

活着是一個非常誘人的條件，可是總有些東西比生命更重要，布布路眼中閃動着必勝的信念。

阿方索看了布布路一眼，轉頭問其他人：「你們也不走嗎？」

餃子笑眯眯地回答：「我們還有失散的同伴在這裏，必須找到她們！」

帝奇也站到布布路身旁。

「那好吧！」阿方索目送三人下船，不知是警告還是提醒道，「找到同伴之後，請各位儘快離開！因為龍宮很快就要發生更大的事件了……」說完，阿方索駕駛着大馬哈士魚頭也不回地走了。

雲海國的魚龍公主

MONSTER MASTER 8

新世界冒險奇談

第十站 STEP.10

險象環生的重逢

MONSTER MASTER 8

混亂中尋找同伴

更大的事件？

三人困惑地互看了一眼。阿方索話裏的意思似乎是說，龍宮要發生比冬眠日更了不得的大事件。那會是甚麼呢？

不過，這會兒他們可沒工夫管龍宮的閒事了，趕緊找大姐頭她們要緊！

眼前龍宮裏一切都亂了套，不少大馬哈士魚背上空無一人地停泊在岸邊。

餃子選了一艘，跳了上去，意氣風發地對布布路說：「布布路，現在該是你大顯身手的時候了，趕緊用你最最靈敏的嗅覺，找找看大姐頭她們在哪裏！」

「哦！」布布路聽話地抬起頭，用鼻子左聞聞，右嗅嗅，突然雙眼一亮，很確定地指着一個方向激動地說，「餃子，那邊！」

餃子學着阿方索的樣子跺了跺腳，驅動大馬哈士魚朝布布路指的方向衝過去。只不過……這條魚不會是瘋了吧？速度快得簡直要飛起來了！

「布布路，管好你的怪物！」帝奇最先發現問題所在。

只見四不像正使勁地拉扯着大馬哈士魚的鬍鬚，吃痛的大馬哈士魚憤怒地愈游愈快，想把那隻雜毛怪甩下去，布布路連忙抓過搗亂的四不像。

「布魯！」四不像抗議地衝着布布路噴鼻孔，指着自己乾癟的肚子，似乎在說讓它餓肚子是布布路這個主人的無能。

「對不起，你再忍耐一下！」布布路不禁有些同情四不像，因為他自己也餓得快要受不了了。

「小心前面！」帝奇突然出聲提醒。

大家抬頭一看，壞了，大馬哈士魚正直挺挺地朝岸邊的一間小屋衝過去呢！

「布魯！」四不像的眼睛睜大，脖子一縮，躲到布布路背後。

「餃子，快讓它停下來！」布布路着急地說。

可不管餃子怎麼跺腳，大馬哈士魚都絲毫不肯放慢速度。

「啊啊啊 ——」伴着眾人絕望的慘叫聲，大馬哈士魚衝向小

屋——

嘩!

乒乓乒乓!

　　水花四濺中，大馬哈士魚背上的三個人和一隻怪物全都在慣性作用下飛出去，重重地砸進小屋。小屋被他們撞得搖搖晃晃，無數的東西被震得砸下來，將他們埋在下面。

　　「沒想到這裏的魚人脾氣暴躁，連普通的魚脾氣也這麼差!」餃子邊抱怨邊起身四下張望，「這……好像是雜貨鋪!完了，不知道店主人會不會找我們賠償，我們還是趕緊跑吧。布布路呢?」

　　「在這裏!」一個含糊不清的聲音傳來，布布路和四不像正抱着散落在地的食物大吃特吃。

原來他們撞進的小屋是一家餐廳！

「我是讓你找大姐頭，不是讓你找吃飯的地方！」餃子頭上青筋暴起。

「可是我真的聞到這裏有一絲大姐頭的氣味，雖然有點微弱！」布布路嘴裏含着食物，委屈地為自己辯解。

「噓！」帝奇對大家使了個眼色，示意有情況。

三人立刻安靜下來，布布路強行制止了四不像的大吃大喝。

隱隱地，角落裏似乎有甚麼東西在蠢蠢欲動。帝奇和餃子一左一右地朝發出聲響的地方包抄過去，兩人同時出手，一把將那個東西拎了出來……

「哎喲！好痛，快放開我，壞蛋！」一個熟悉的聲音響起來……

仇恨的種子

帝奇和餃子居然在雜物堆裏揪出赫拉拉！

嘩啦 —— 赫拉拉被提出來的同時，被她抱在懷裏的食物撒了一地。

「你果然是個小偷！」餃子冷笑着說，「在萬卷雲海的時候我撿到你掉的貝殼，結果那是龍宮藏寶庫的鑰匙！那可是皇族魚龍族才有的東西，是你偷的對吧？」

「原來鑰匙被你撿去了，快還給我！」赫拉拉氣急敗壞地嚷嚷道。

「太好了，赫拉拉，我們又見面了！怪不得我只聞到了一點點大姐頭的氣味，一定是因為你和大姐頭在一起，所以身上沾到一點！大姐頭和琪琪呢？她們沒事吧？」布布路湊過來問。

赫拉拉難以置信地看着布布路，嘴角抽搐着。這傢伙在開玩笑吧？連沾在自己身上的味道都能聞出來！

「你放心，她們都很好，只是餓了，所以我才來這裏拿一點食物……」赫拉拉如實回答。

窸窸窣窣 —— 餐廳另一頭的廢墟裏傳來奇怪的響動。

不好，該不會剛剛動靜太大，被那些皇家守衛發現了吧？

「請救……救救我……」一個聲音害怕地說。

「咦！」布布路跑過去一看，驚愕地說，「噢噢，是鯉魚頭大叔！不好，大叔的腿被壓在廢墟裏了！餃子，帝奇，快來幫忙啊！」

說完，他率先開始清理壓在鯉魚頭魚人身上的碎木板和石塊。餃子和帝奇也加入進來。鯉魚頭魚人瑟瑟發抖地看着他們，不知道是害怕還是痛。

「之前在龍宮門口是因為他的舉報才導致你們被抓的，你們現在還幫他，難道你們不恨他嗎？」赫拉拉神情複雜地看着布布路三人。

「為甚麼要恨他？」布布路奇怪地反問道，「大叔害怕人類是因為他對人類有誤會，我們幫助了他，他對人類的看法就會改變了！」

你想得太簡單了，人魚和魚人才不會那麼容易就對人類改變看法呢！赫拉拉看着笑嘻嘻的布布路，話到嘴邊不知怎的沒說出口。

餃子似乎猜到了赫拉拉的想法：「雖然我們目前做的還不能真正化解人類和魚人們的矛盾，但身為怪物大師預備生，我們決不能見死不救！」

「餃子說的就是我想說的，嘿嘿！鯉魚頭大叔，您跑到這裏來幹甚麼？」將困住鯉魚頭魚人的東西清理乾淨了，布布路好奇地問。

「他應該是來救他的孩子們的！」赫拉拉一邊說，一邊指了指跌落在一旁的裝着魚卵的水袋。

「赫拉拉，你從小在龍宮長大，應該知道吧……」餃子摸了摸下巴，問出進入龍宮以後一直困擾着他的問題，「人魚族、魚人族和魚龍族，這三個種族究竟是怎麼回事？為甚麼人魚族和

魚人族之間的矛盾這麼深呢?」

　　赫拉拉歎了一口氣,神情複雜地說:「這要從龍宮建立之初
說起——」

　　很久很久以前,地上的人類開始對人魚和魚人進行瘋狂的
掠奪。他們否認人魚和魚人有人的尊嚴,將人魚當成畜生飼養,
奴役魚人。大量的家庭被拆散,人魚和魚人苦不堪言。

　　後來,一位偉大的魚人領袖冒險通過水龍捲登上化石雲
團,意外發現外環之海和居住在此的魚龍族。得知魚人族和人
魚族的遭遇後,魚龍族產生了惻隱之心,慨然接納了他們。

　　於是,魚人領袖在這裏搭建了一座龍宮,讓地上無處容身的
人魚和魚人們舉家搬遷,來到天上避難。

　　可是,新的問題出現了。因為化石雲團是一個很有限的空
間,所以居住在這裏的人魚和魚人們必須嚴格控制人口數量。
人魚是胎生,一般一胎只生一個;而魚人是卵生,一胎會產下
一百多顆魚卵。這麼一來兩邊的人數會愈來愈懸殊,魚人就會
霸佔愈來愈多的空間。

　　兩個種族為此爭執不下,終於引發一場大混戰!不但雙方
死傷無數,還波及了外環之海深處的魚龍族。最後,在魚龍族
的勸解之下,雙方終於握手言和。

　　魚人族和人魚族經過協商,制定了一條法律:魚人每胎只能
留下一顆魚卵,為不讓魚人渾水摸魚,每次魚人產下魚卵之後,
就會由人魚餐廳將剩下的魚卵全都收走,做成菜餚。對於魚人

來説，這條法律太痛苦了！他們不但不能保護誕下的孩子，而且根本無法申訴。因為就連魚人族的士兵們也必須嚴格執行這條法律，非但不會給予他們庇護，還要懲罰違反這條法律的同類。

魚人們敢怒不敢言，時間長了，人魚族和魚人族之間的積怨愈來愈深了。

難怪鯉魚頭魚人會去人魚餐廳偷回自己的魚卵，還被士兵抓捕；難怪之前打扮成人魚的布布路為鯉魚頭魚人求情的時候，周圍的旁觀者都露出怪異的神情。

忘恩負義告密者

「鯉魚頭大叔真可憐！」布布路哭得稀里嘩啦。

「布魯！布魯！」四不像裝模作樣地叫喚幾聲，又鑽回了食物堆裏。

鯉魚頭魚人被布布路的反應嚇到了，他想站起來，卻吃痛地叫了一聲，原來是腿被壓傷了。

「我幫你！餃子，快幫大叔包紮一下！」布布路熱心地跑過去，小心翼翼地將那個水袋捧着遞給鯉魚頭魚人。

餃子開始為鯉魚頭魚人包紮受傷的腿。帝奇在一旁冷冷地看着，一言不發。

「謝……謝謝你們……」鯉魚頭魚人接過水袋後，嘴角不靈便地咧了咧，不停地哆嗦，顯出很害怕的樣子。

「大叔，您不用怕我們……對了，龍宮馬上就要遇到冬眠日了，要是您害怕的話，可以跟我們一起回地上去躲一躲！」布布路熱情地向鯉魚頭魚人發出邀約。

鯉魚頭魚人臉上的懼意更濃了，他一邊拚命地搖頭，一邊往後縮，嘴裏咕噥道：「我……我寧可凍死在龍宮，也絕對……不去地上……」說完，他掙扎着站起來，拖着受傷的腿一瘸一拐地走了。

「你們是不可能打動他的，」看着鯉魚頭魚人離去的背影，赫拉拉歎了口氣，「我從小在這裏長大，他們對人類的仇恨已經根深蒂固了。」

「就算如此，我也不後悔幫助了鯉魚頭大叔，」布布路搔了搔後腦勺，樂觀地說，「我爺爺說過，如果光想着不可能就甚麼都不做，那甚麼事都不可能辦成的！」

赫拉拉沉默地看着布布路，似乎若有所思。

「不好！」布布路突然用鼻子嗅了嗅，壓低聲音說，「我聞到之前在門口遇到的魚人士兵的味道了！」

「糟了，他們應該是來找我們的！」餃子比了個手勢，大家躲進沒坍塌的三面牆體後，透過牆上的小洞朝外看去，就見一羣魚人士兵把剛剛走出餐廳的鯉魚頭魚人攔住了。

為首的魚人士兵一把搶過鯉魚頭魚人手中的水袋，兇巴巴地說：「你這可是第三次違反法律了，我們要把你送到監獄裏！」

「把我……我的孩子……還給我！」鯉魚頭魚人害怕而又固執地要上去搶。

「別為難我們了，」為首的魚人士兵一揮手，兩個魚人士兵上來將鯉魚頭魚人死死地按住，「再抓不到那些綁架公主殿下的該死的地上人，找回公主殿下，整個龍宮都要滅亡了，更何況你的孩子！」

「我知道……」鯉魚頭魚人猶豫了一下，指向坍塌的餐廳說，「地上人就藏在那裏！」

不好，鯉魚頭魚人告密了！餃子心裏咯噔一聲。

為首的魚人士兵狐疑地將目光投向他們的藏身之地，吩咐手下：「去搜！」

呼啦一下，手持長矛的魚人士兵們立刻圍上來。

「我立功了，」鯉魚頭魚人眼巴巴地看着為首的魚人士兵，巴結地哀求道，「那我的孩子們可以獲得孵化權活下來了吧？」

「如果情況屬實，會幫你申請的！如果敢騙我們，後果自負！」為首的魚人士兵不耐煩地推開他，朝餐廳逼近。

「快，跟我來！」看到這一幕，赫拉拉一把拉住布布路，打算帶他從餐廳的另一側逃跑，卻被布布路甩開了。

「我們必須讓魚人士兵們看見我們，不然他們會認為鯉魚頭大叔在說謊！」布布路堅定地說，「那樣他的孩子就要被吃掉了！」

「你……真是個傻瓜！」赫拉拉嘴上這麼說，眼眶卻紅了。

噹噹噹——

帝奇朝外面甩出十幾把飛刀，說：「他們這下可以確信了！」

「該死的地上人果然在裏面，弟兄們，上啊！」帝奇成功地將魚人士兵們激怒了。

「不好了！快跑啊！」餃子誇張地大喊一聲，確保外面的士兵能夠聽到，然後用辮子鈎過布布路，扯着他拚命地朝另一邊跑去。

在赫拉拉的帶領下，四個人從餐廳另一側衝出去，可是——

「啊啊啊——」

「布魯，布魯——」

撲通！撲通！撲通！撲通！

糟糕！赫拉拉帶他們跑過剛才那堵被撞塌的牆，牆緊鄰着的就是外環之海，布布路一行全都猝不及防地跌進深不見底的海水中。

哦，好難受！海水從四面八方灌進來，寒冷刺骨！

布布路嗆了好幾口水，他拚命地划水，可是這海水好重啊，根本游不動！就在他快要淹死的時候，眼前產生了奇怪的幻覺：一條美麗的大魚朝他游過來，身上的鱗片閃耀着藍色的光芒……

預備生年度鑒定考核

Q05

以下哪些是只存在於極樂園中的動植物?(動植物基礎多選題,全部選對才得分,多選或者少選都不得分)

A. 震山龍　　　　B. 赤火雲豹

C. 團耳獸　　　　D. 雅格雅格菌菰

E. 魔奇花　　　　F. 海王獸葵蚌

答案在本頁底部,答對得5分,你答對了嗎?

布布路:嘿嘿,很多人和我一樣做錯了吧,海王獸葵蚌不在極樂園裏哦,它住在通往極樂園的海域中,每五年會繁殖一次後代。到那時葵蚌會吞掉海灣內所有的海水,整個繁殖期為一天,之後葵蚌會再度吐出所有的海水。這一天便是安全渡海前往極樂園的好時機。

雲吞:五年一次啊,對於嚮往珍貴食材的美食怪物大師來說,這樣的等待也是一種煎熬。

帝奇:那你去問黃泉吧,既然他曾經把老窩安在極樂園底下,想必他非常瞭解進出極樂園的方法。

雲吞:(仇恨之火劈啪燃燒)那個可惡的黃泉!總有一天我要報仇!

餃子:豆丁小子,你踩到雲吞的雷區了……看來還是不要把我們在迷霧島遇到黃泉的事情告訴他比較好。

其他人:嗯嗯嗯。(齊齊點頭)

完成這個測試後,你可以鑒定自己是否具備了成為怪物大師的能力。

測試結果就在第八部的210,211頁,不要錯過哦!!

這是成為怪物大師的必經之路!!!

MONSTER MASTER
A LOVE OF DREAMERS

尊敬的讀者:現在你跟隨布布路一起踏上了成為怪物大師的道路!向所有的困難發起挑戰吧!

答案:ABCDE

雲海國的魚龍公主

MONSTER MASTER 8

新世界冒險奇談
第十一站 STEP.11

為了琪琪，加油！
MONSTER MASTER 8

揭開真相，殘忍的改造

有甚麼東西在發光？尖尖的，很鋒利，像是猛獸的獠牙！

「哇！鯊魚！」布布路一睜眼，就看到一個巨大的鯊魚頭正近距離地對着他，張開的血盆大口裏佈滿鋒利的尖牙。

「安靜點！」賽琳娜揚手給了布布路一拳，責備地說，「沒禮貌！這是努爾曼大叔，赫拉拉的朋友，是他救了你們！」

好痛！布布路揉了揉被打的額頭，徹底清醒了。他發現自己躺在床上，旁邊還有剛剛甦醒的餃子和帝奇。這個地方看來是

個診所，之前他看到的那條鯊魚原來是一個長着鯊魚頭的魚人大叔。大姐頭就站在他的旁邊。

在他們後面，琪琪從一個裝滿水的巨大海螺裏探出腦袋，一臉擔心地看着他們。四不像似乎很高興能重新見到琪琪，圍着海螺跳來跳去。

「在龍宮門口分手之後，後面追兵不斷，我們跟着赫拉拉一路逃命，直到遇到努爾曼大叔，」賽琳娜開始講述她們這段時間的遭遇，「他帶我們躲進這個廢棄的診所。後來赫拉拉去找食物一直沒有回來。努爾曼大叔很擔心，出去找她，沒想到正巧遇到你們落水，就偷偷潛入水底將你們救回來了。那些魚人士兵大概以為你們都淹死了吧！」

原來是這麼回事，沒想到魚人族裏也有對人類懷有善意的！

三個男生齊齊看向努爾曼大叔，躬身道謝：「謝謝您，努爾曼大叔！」

「不客氣，我還要感謝你們不顧危險救助那個鯉魚頭魚人呢！」努爾曼大叔笑眯眯地說。

「對了，大姐頭！」布布路一本正經地對賽琳娜說，「琪琪對龍宮非常重要，我們一定要好好保護她！」

餃子連忙將他們三個剛才在龍宮裏見到龜丞相的事情簡單說了一遍。

琪琪真的是魚龍族的公主？賽琳娜驚訝得張大了嘴。

海螺裏的琪琪不停地吐着泡泡，似乎很着急地想解釋甚麼。

「拜託！我早就說過，她根本就不是魚龍，你們怎麼到現在還弄不明白呢？」赫拉拉氣急敗壞地尖叫道，「魚龍族才不是那種離不開水的低等物種呢！」

低等物種？琪琪露出受傷的表情，赫拉拉捂住了嘴，似乎意識到自己說錯話了。

努爾曼大叔忙站出來替赫拉拉解釋道：「地上人大概對魚龍族有所誤解。真正的魚龍是不需要生活在水環境裏的，他們就像你們看到的人魚和魚人一樣，是既能用肺呼吸又能用鰓呼吸的兩棲物種。但是琪琪不同……」

努爾曼大叔長長地歎了口氣，說出一個令人驚訝的事實：「我想，琪琪應該是地上人按自己的妄想創造出來的。我仔細地幫她檢查過了，發現她的呼吸系統被人為地改造成只能用鰓呼吸，因此傷到聲道，所以她才不能說話。她的魚尾、龍角和魚鰓也都是被移植的，接口上還留着粉色傷疤。也就是說，她原本只是一個普通的人類，應該是在剛出生的時候就被殘忍地改造了，所以能以假亂真。」

隱藏在琪琪身上的真相居然是這樣……

向命運宣戰！

琪琪不是魚龍，也不是公主，而是一個被殘忍改造的人類！這種改造使她變得非人非魚，不但在地上被人欺凌，得不到做人的尊嚴，更無法融入天上龍宮的生活。

在努爾曼大叔的講述過程中，大顆大顆的眼淚從琪琪的眼眶裏流出來，她無聲地哭了。

賽琳娜難過地看着琪琪，赫拉拉的眼圈也紅了。即使琪琪不會說話，也可以想像得到她從小到大承受了多麼巨大的傷痛。

讓琪琪變成這樣的那些人真是太可惡了，三個男生憤怒地攥緊拳頭。

「我們要怎麼做才能幫助琪琪呢？她太可憐了！」布布路含着淚急切地問。

「我覺得你們還是把她帶回地上去吧，她根本不能適應龍宮的氣候和環境。」努爾曼大叔說。

「就這樣帶她回地上也不妥，」餃子苦惱地說，「她這個模樣毫無疑問會受到人類的排擠，被當成商品踐踏，就像在幻海之星馬戲團一樣……難道沒有辦法嗎？」

「其實也不是沒有辦法，」努爾曼大叔慎重地說，「龍宮裏有一種古老的醫術，可以讓身體某個部分重新恢復機能，只不過手術的風險非常高！不知道琪琪願不願意試試……」

聽到這裏，原本潛在海螺裏哭泣的琪琪浮了上來，一張一合地吐出幾個泡泡。

「琪琪好像有話要說！」賽琳娜注意到琪琪的舉動。可悲的是她無法發出聲音，沒人聽得懂她在說甚麼。

「我看得懂脣語，琪琪說她願意接受手術。」努爾曼大叔沉重地為大家解讀，「琪琪還向你們道歉，在你們以為她是魚龍公主並決定帶她回龍宮的時候，她沒有阻止你們，因為她早知道

這種復原手術，所以才特別想來龍宮。她還說，如果這是她必須背負的命運，那麼她不能選擇逃避！」

聽到努爾曼大叔這麼說，本來還擔心手術風險的大家也都沒有顧慮了。

「勇敢的琪琪，好樣的。」賽琳娜含淚笑着。

「努爾曼大叔，請您一定要治好琪琪啊！」布布路四人都誠摯地向努爾曼大叔懇求。

「放心吧，我會盡最大的努力救治琪琪，」努爾曼大叔鄭重地承諾，並叮囑他們，「不過這個手術不能中斷，所以在完成前絕對不能讓任何人來打擾我，不然琪琪會有生命危險！」

「明白了！手術結束之前，我們會死守住這裏的！」大家異口

同聲地說，然後目送着努爾曼大叔收拾好手術工具，將琪琪推進手術室。

帝奇發現甚麼似的緊盯着努爾曼大叔手中的手術箱，上面的圖案好像在哪裏見過⋯⋯

「我問你們一個問題，如果你們背負着一個沉重的命運，就像⋯⋯就像琪琪，你們會怎麼去面對？」許久不說話的赫拉拉忽然問。

沉重的命運？四人面面相覷地互相看了看。赫拉拉一反常態地神情嚴肅起來，像有甚麼難言之隱。

「赫拉拉，你是不是遇到甚麼麻煩？沒關係，我們可以幫你解決的！」布布路熱心地說。

「我⋯⋯」赫拉拉滿臉糾結地欲言又止。

「雖然我不知道你為甚麼這麼問，但是我可以告訴你，這裏的每一個人背後都有一個沉重的故事，」賽琳娜首先開口，「就像布布路，他的爸爸被認為是殺人不眨眼的魔頭，他一生下來就被人稱作『惡魔之子』，沒人願意跟他玩，還差一點就被地上最優秀的怪物大師培訓機構——摩爾本十字基地拒之門外，可是他正直善良，是我見過的最樂觀向上的孩子！

「還有帝奇，他是賞金王・雷頓家族的繼承人，卻怎麼都得不到家人的認可！所以他每天都拚命地提高自己，希望總有一天能夠證明自己。

「那個戴狐狸面具的是餃子，他原本是青嵐大陸上一個國家的王子，被捲進一場皇族繼承人之爭。在那場可怕的爭鬥中，他

被迫向怪物獻出身體。那個怪物一直沉睡在他的身體裏，尋找機會吞噬佔據他，不僅如此，他還被最親密的家人誤會，回不了自己的國家……」

「不光是我們三個，」餃子插進來對赫拉拉說，「大姐頭也是抱着成為怪物大師的夢想而放棄繼承家業的優越前途，獨自一人去北之黎打拼的。不瞞你說，一開始我們都害怕過、氣餒過，但是不去面對、不向命運宣戰的話，就只能受控於命運了！」

帝奇也對赫拉拉點了點頭。

「你們……」赫拉拉驚愕地看着大家，想不到他們身上也背負着沉重的命運。尤其是布布路，他看上去是這裏面最沒有心眼的孩子，想不到他是在一個完全負面的環境中長大的！餃子的話讓她深深地觸動了。

赫拉拉的眼圈紅了，若有所思地低下頭。

「赫拉拉，如果你相信我們的話，可以把你遇到的大麻煩告訴我們。人多力量大，我們有四個人，總比你一個人獨自面對要強！」賽琳娜寬慰地勸導赫拉拉。

「不，謝謝你們，」赫拉拉深吸一口氣，「這件事情必須由我獨自面對！」

這一刻，布布路幾人隱隱感覺到，赫拉拉的身上也許也背負着甚麼悲傷的故事……

但他們來不及細問，就聽見四不像慌張地對着診所的大門叫起來：「布魯！布魯！」

布布路的鼻子警覺地嗅了嗅：「不好！我好像又聞到了剛才

抓我們的魚人士兵的氣味！」

帝奇一臉戒備地扯開蛛絲。

赫拉拉的臉色變了，害怕地縮進剛才琪琪待過的海螺浴缸裏。

砰的一聲，診所的大門被粗暴地撞開。

魚人士兵們闖進來，凶神惡煞地說：「邪惡的地上人果然在這裏！快把魚龍公主交出來！」

雲海國的魚龍公主

MONSTER MASTER 8

新世界冒險奇談

第十二站 STEP.12

變身，公主的真面目

MONSTER MASTER 8

誓死守衛，同伴的力量

真倒霉！這些魚人士兵不僅沒有因為布布路他們掉進外環之海而放棄搜捕，反而這麼快就追了過來。更麻煩的是，現在琪琪正在接受手術，這期間是絕對不能被打擾的！

赫拉拉害怕地藏了起來，只有布布路四人如臨大敵地嚴陣以待。

魚人士兵們不耐煩地叫囂道：「你們最好老實一點，這一次，我們絕對不會讓你們再溜掉了！」

「魚人大哥，這都是誤會，」餃子懇求道，「我們真的沒有綁架魚龍公主！抓我們是在浪費時間，反而會讓真正的綁匪藉機逃跑的！」

「閉嘴，你這個撒謊精！有人親眼看到魚龍公主進了這裏！」魚人士兵們氣沖沖地說，「快點把魚龍公主交出來！不然我們就把這裏翻個底朝天！」

「你們不能搜這裏！」布布路傻乎乎地衝上去，攔在最前頭。

「你們看，那兒有一間房間是關着門的！他們一定把魚龍公主藏在那裏了！」布布路的反應讓魚人士兵們更確定魚龍公主在這裏了，一個魚人士兵指着手術室尖聲叫道。

「房間裏沒有魚龍公主，」眼看魚人士兵們要強行闖入，賽琳娜毫不畏懼地挺身而出，擋住他們，「裏面正在進行很重要的手術，請你們千萬不要進去！」

「不用跟他們廢話！找公主最要緊，弟兄們都上啊！」隨着一聲號令，所有的魚人士兵都響應着衝上來。

噹噹噹──帝奇密集地擲出飛刀十二連擊，逼得那些魚人士兵連連後退。

「藤條妖妖，看你的了！」餃子將一團青色的東西扔出門。

唧！十幾道藤鞭應聲從門外伸進來，將衝進來的魚人士兵們一個個都扔了出去。

布布路四人全都跑出診所，站成一排，堅定地說：「我們在外面打！誓死不讓你們踏進診所半步！」

交戰開始了！

布布路以一當十，手中的棺材既是武器又是盾牌，掃平了周圍一圈士兵。餃子施展古武術，游刃有餘地在眾多魚人士兵中穿梭，幫其他人化解危險。

「布魯！布魯！」四不像靈巧地在魚人士兵中左躲右閃，吸引大家去抓它，但根本沒有誰能跟上它的速度，反而被它引得暈頭轉向。

唰唰唰——帝奇雙手翻花，將十幾枚暗器精準地射向圍攻過來的魚人士兵們。在帝奇的身旁，鋼灰色的爪子狠狠地揮下，不少魚人士兵被巴巴里金獅的金剛掌拍飛了。

「水精靈，高壓水柱！」在賽琳娜的指揮下，水精靈噴射出一道道的高壓水柱，將魚人士兵們沖得暈頭轉向。

雖然布布路他們只有四個人，卻和大批的魚人士兵打成平手。但是誰也不敢鬆懈，畢竟琪琪的生命和赫拉拉的安危都掌握在他們的手中。

「不好，他們的援兵來了！」帝奇發現了不知不覺從四面八方包抄過來的虎刺魚人軍團！

布布路、餃子和帝奇三人的臉上都露出嚴峻的神情。他們之前和虎刺魚人軍團交過手，那可是龍宮的皇家衛隊，比這些魚人士兵難對付多了！

虎刺魚人軍團最前排的衛兵們舉起厚厚的盾牌，組成盾牆，頃刻間化解了帝奇的暗器、藤條妖妖的藤鞭和水精靈的高壓水柱。

布布路四人的戰鬥力直線下降，衛兵們輕輕鬆鬆地將他們

逼到絕境。

「巴巴里金獅！」帝奇一聲大叫，翻身騎在巴巴里金獅的身上。他和巴巴里金獅的配合已經愈來愈有默契了。

看到帝奇的眼神，巴巴里金獅立刻心領神會地高高躍起，讓帝奇得以從高空中發射暗器。

轟 —— 隨着巴巴里金獅一聲震耳欲聾的怒吼，在「獅王咆哮彈」的配合下，帝奇的暗器威力大增，如同流星一般射向盾牆後的虎刺魚人衞兵們。

虎刺魚人衞兵們忙抬高盾牌抵擋，餃子眼疾手快地指揮藤條妖妖甩出數條藤鞭，將衞兵們露出盾牌的腿都纏在一起。

「哇啊啊 ——」被縛住雙腿的衞兵們摔成一團，盾牆被瓦解了！

但四人還來不及高興，就聽到布布路指着一個方向大聲提醒大家：「不好，他們把戰艦開來了！」

餃子三人忙朝那個方向看去。不遠處的護城河水道中，一艘裝備精良的戰艦正朝診所開過來，戰艦的兩側架着黑洞洞的炮筒，甲板上站滿扛着火炮的炮手和背着利弓的勁弩手，巨大的風輪轟鳴着破水前進，轉眼間可怕的戰艦就近在咫尺了，站在高高的船頭指揮的人正是萊特隊長！

好傢伙！這艘大戰艦如果開過來，直接就能把診所撞飛了！

「炮手，火炮攻擊！」萊特隊長下令。

轟轟轟 —— 一顆顆拳頭大的炮彈砸過來，在布布路他們周圍爆炸開來，化石雲像地震一樣震動，診所在震動下不斷傾

斜，向着外環之海栽過去。

「糟糕！」大姐頭嚇得失聲呼叫。如果診所掉進外環之海，那裏面接受手術的琪琪就大難臨頭了！三個男生手足無措，布布路徒勞地用雙手死死抵着不斷下傾的診所，可就算他力氣再大，也撐不住偌大的診所啊。

眼看着診所距離滑落外環之海只差幾步之遙，虎刺魚人衞兵們也紛紛跳上岸來，憤怒地吼叫着朝他們撲了過來。

「全都住手！」

危急關頭，一個熟悉的聲音響起來。聽到這個聲音，虎刺魚人軍團和戰艦上的萊特隊長全都愣住了，進攻也停下來。萊特隊長滿臉驚愕地嘀咕

道：「這……這聲音，這聲音是……」

布布路他們忙朝着聲音的來源處看去，一個人影從傾斜的診所中衝出來，是赫拉拉！

「赫拉拉，別怕，我會保護你的，」布布路不顧自己的安危，高舉着棺材擋在赫拉拉的前面，義氣地說，「你是我們的同伴！我不會讓他們抓走你！我一定會守住診所！」

「同伴？」赫拉拉的目光落到布布路臉上，並順次看向賽琳娜、餃子和帝奇，四人全都肯定地對她用力點頭。赫拉拉的身體裏湧起一股溫暖而強大的力量，她輕聲喃喃道：「有同伴的感覺真好……謝謝你，布布路，因為你們，我終於可以做這個決定了！」

一絲笑意浮現在赫拉拉的臉上，赫拉拉猛地推開布布路，

扭頭縱身跳進激流洶湧的外環之海……

藍色魚龍！真正的公主

　　赫拉拉小小的身影消失在海水中，與此同時，外環之海上翻騰的巨浪全都平息了，整片海域呈現一片離奇的死寂。

　　戰艦上的萊特隊長、魚人衛兵們、虎刺魚人軍團、布布路四人……大家都呆住了，愣愣地看着極其不正常的海面。幾秒鐘的短暫沉寂後 ——

　　轟 ——

　　一股刺眼的藍光爆炸般從海水中迸射而出，絢麗奪目的藍光將整片外環之海全都籠罩在夢幻般的藍色光暈中，大家都被眼前的畫面震懾到無法開口，一個個目瞪口呆地看着那個位於藍光中央的奇跡一般的存在 ——

一條如巨蟒般龐大的冰藍色怪物從海水中凌厲躍出！

怪物的頭上長着一對珊瑚紅色的遒勁觸角，身上覆滿盾牌般堅硬的藍色鱗片，每一片鱗片都閃着金屬般的耀眼光澤，背脊上聳立着一對巨大的羽翼，兩隻蒲扇般的爪蹼居於胸前，身後的尾翼猶如鋼鞭，輕輕一甩就掀起一道巨浪。

「嗷——」

怪物狹長的身軀在海水中上下翻騰，眨眼間就來到戰艦前方。它張開巨口，發出一聲驚天的怒吼，震耳欲聾的吼聲穿刺着大家的耳膜，咆哮的厲風從它口中噴薄而出，皇家戰艦像一片風中的落葉般在海

水中搖擺不定，靠近岸邊的居民全都被颳到半空。

在一片驚天動地的撼動之下，冰藍色怪物緩緩地垂下頭，血紅色的眼睛凌厲地望向大家。一股說不出的壓迫感油然而生，大家都乖乖地放下了手中的武器，不敢跟它直視。

餃子三人疑惑地面面相覷，這個怪物是從赫拉拉落海的地方躥出的，難道是赫拉拉召來的？莫非她也是怪物大師？

「哇，我想起來了！」只有布布路按捺不住興奮，大叫道，「這是剛才在外環之海中我看到的那條藍魚，原來那不是幻覺啊，是它救了我們！」

「討厭！是魚龍，不是藍魚啦，笨蛋！」一個氣惱又熟悉的聲音從冰藍色怪物口中傳出。

「咦？這個聲音怎麼那麼像赫拉拉啊？」布布路奇怪地看着大家，「就好像赫拉拉藏在它的身體裏……」布布路的話沒說完，就被一個激動的聲音打斷了。

「天哪，是皇族魚龍！沒錯，這個聲音絕對是公主殿下的！」戰艦上的萊特隊長激動地大喊道，隨後叩拜不起。所有的士兵也如夢初醒般跪倒在地，對着冰藍色怪物虔誠地高呼：「公主殿下！公主殿下息怒……」

這個冰藍色怪物就是傳說中的魚龍，而且是能夠庇佑龍宮度過死亡寒冰期的魚龍公主？

布布路他們瞪大雙眼。讓大家震驚的不僅是親睹魚龍的真容，而是……萊特隊長說，赫拉拉就是公主殿下！

「這麼說，剛才在海中救我們的是變身的赫拉拉，而不是努爾

曼大叔……」餃子暗自驚呼道，「赫拉拉才是真正的魚龍公主！」

「啊？可赫拉拉分明是一個人類女孩啊！」布布路滿頭霧水。

「是啊，如果赫拉拉是魚龍公主，為甚麼一路上都沒有誰能認出她來呢？」賽琳娜也備感好奇。

巨大的魚龍擺動着冰藍色的尾翼，赫拉拉的聲音被放大數倍從魚龍的口中發出：「魚龍是珍奇而稀有的物種，在龍宮的歷史上曾多次出現人類妄圖捕獲魚龍的事件，為避免災禍，魚龍族只在變身後才會呈現魚龍的形態，其他時候都以人類的樣貌存在。在龍宮裏，只有最貼身的龜丞相和努爾曼大叔知道魚龍的祕密。其他的人，包括皇家衞隊和萊特隊長在內，都只是聽過我的聲音而已。所以，我一開始就告訴你們，琪琪不是魚龍，因為魚龍絕不會輕易暴露自己的身份。」

說完，赫拉拉轉向跪拜在地上的魚人士兵們，不怒自威地說：「他們沒有綁架我，這一切都是我個人的任性行為。這四個人類少年是我最重要的朋友，你們不許再將他們視為敵人！」

萊特隊長、皇家軍團和魚人士兵們還是一副狐疑的表情，似乎不明白為甚麼魚龍公主要偏袒可惡的地上人，但公主的話不容置疑，他們齊聲回應：「遵命，公主殿下。」

吱呀一聲，診所的門打開了。

努爾曼大叔滿頭大汗地跑出來，一見到呈現魚龍形態的赫拉拉，努爾曼大叔臉上浮現出苦惱的神情：「公主殿下，您到底還是……唉！」

努爾曼大叔話說半句又吞了回去，轉頭對布布路四人說：

「琪琪的手術很成功，唯一遺憾的是她的聲帶我無法修復。」

「謝謝您，太好了！琪琪沒事了！」布布路歡呼了起來。

「努爾曼大叔，赫拉拉，你們……」賽琳娜機警地察覺到努爾曼大叔看着赫拉拉時那種擔憂而無奈的表情，「還有甚麼事情瞞着我們嗎？」

「我……」赫拉拉的聲音低沉下來，似乎有很多話想說，但是她的話卻被萊特隊長打斷了。

「尊敬的公主殿下！」萊特隊長滿臉敬畏，語氣卻很固執，「時間不早了，請您及早回皇宮吧！」

「恭請公主回宮！」所有的魚人士兵全都匍匐在地，對赫拉拉發出整齊劃一的請求。

「唉！」努爾曼大叔深深地歎着氣，望着赫拉拉的目光盡是不捨，站在他身後的帝奇三人聽見他口中輕聲地呢喃着，「公主殿下，您可以逃避的，這種宿命對您來說實在太不公平了……」

大家不解地對看一眼：甚麼宿命？

「謝謝你的提醒，萊特隊長。」赫拉拉的聲音更加哀傷了。一道扎眼的冰藍色光芒從魚龍的尾巴蔓延開來，包裹住魚龍的全身，她恢復成人類的模樣，臉上帶着蒼白的笑容，對布布路四人說：「跟我回皇宮吧，我想好好宴請你們！」

「哇，宴會！」布布路興奮地張開雙臂。

「布魯！布魯！」四不像精神大振地甩着耳朵。

在士兵們的簇擁下，布布路四人還有琪琪被奉為座上賓，跟着赫拉拉風風光光地前往皇宮。

預備生年度鑒定考核

Q06

以下哪些怪物是物質系怪物？（怪物基礎多選題，全部選對才得分，多選或者少選都不得分）

A. 奧梅　　　　　B. 金剛狼

C. 藤條妖妖　　　D. 帝王鴉

E. 塞隆鼠　　　　F. 騎士甲蟲

答案在本頁底部，答對得 5 分，你答對了嗎？

雲吞：難得趁此機會，趕快來介紹一下我的怪物塞隆鼠。它的爪牙尤其鋒利尖長，是挖洞的利器，另外根據地域的限制，它具備了改變身形大小來挖洞的能力。只要有塞隆鼠在，不管位於地下多少米的食材都可以被挖出來，同時還可以從地下追蹤敵人，當然必須由我在地上引路，再有就是遇到天氣驟變之時，也可以躲避在塞隆鼠臨時挖出的洞穴中……（以下省略一千字內容說明）

餃子：好吧，總的來說，塞隆鼠的能力就是挖洞、挖洞、再挖洞。

帝奇：為甚麼突然感覺物質系怪物的能力很單調？（打哈欠）

完成這個測試後，你可以鑒定自己是否具備了成為怪物大師的能力。

測試結果就在第八部的 210，211 頁，不要錯過哦！！

雲海國的魚龍公主
MONSTER MASTER 8

新世界冒險奇談
第十三站 STEP.13

龍宮大宴
MONSTER MASTER 8

不開心的宴席

盛大的宴會開始了！

無數顆巨大的夜明珠照亮足可容納百人的宴會廳，宮廷魚人樂師用珊瑚、海螺、貝殼等做成的樂器演奏着歡樂的舞曲，美麗的人魚舞孃們隨着音樂翩翩起舞。最吸引人目光的莫過於放置在金絲銀線織就的地毯上的一張巨大的藍珊瑚宴桌。

桌上擺滿各式各樣的珍饈佳餚，材料全都是深海中的極品：鹽焗水晶貝、炭烤三頭海螺、香煎深海巨齒蛤、鹵煮雪頂象

鼻蚌，還有飄着誘人香氣的特製五色海藻佳釀……

赫拉拉端坐在餐桌盡頭珠光寶氣的王座上，布布路他們被安排在她的右手邊，穿着官服的人魚和魚人官員們正襟危坐在左側，最前面靠近赫拉拉身邊的則是龜丞相的位置。

明明被當成貴賓招待，大家卻感覺到很壓抑。布布路環視左右，終於找到根源，原來是身旁的赫拉拉——她現在披金戴銀，珠翠滿頭，舉止優雅又尊貴，可她的目光空洞，如同一尊冰冷的瓷娃娃，沒有一絲生氣！

布布路悶悶地想，自己還是比較喜歡之前那個兇巴巴又吵吵鬧鬧的小丫頭。

賽琳娜三人也沒甚麼興致，他們不光要忍受那些官員們的冷眼，身後還擠滿想要看看地上人究竟是甚麼樣子的人魚和魚人侍者。看那些侍者的樣子，分明把他們當成動物園裏的動物了！

「咦，你們快看，那個人走路的姿勢好奇怪！」侍者們小聲議論起來。

四個人和赫拉拉聞聲轉過頭，原來是努爾曼大叔扶着剛剛甦醒的琪琪正挪動着復原的雙腿，朝這邊走過來。

龜丞相犀利的目光在努爾曼大叔的身上停留了幾秒，又不高興地移開了。

布布路記得努爾曼大叔說過，因為琪琪的雙腿本來是被縫合在魚尾之中的，大概是從來沒有像正常人那樣行走過，所以琪琪的動作顯得很僵硬。

注意到周圍的目光，本來就很害羞的琪琪臉漲得更紅了。

「琪琪，你真厲害！這麼快就會走路了！」布布路站起來大聲稱讚道。

赫拉拉站起來，賽琳娜上前和赫拉拉一起將琪琪扶到桌前，鼓勵地說：「不要害怕，琪琪，多練習就好了。」

餃子為琪琪拉開椅子，帝奇將自己面前的海螺肉推給琪琪。

琪琪感激地看着大家，她的到來打破了剛才沉悶的空氣，就連赫拉拉的臉上也浮現出淡淡的笑容。

「咳咳！」

氣氛剛好一些，一聲不悅的輕咳突然響起，大家循聲望去，就見龜丞相正盯着趴在餐桌上的四不像。

原來，宴席還沒開始，四不像就大吃特吃了，幾乎將臉都埋在盤子裏，頂着棉花球尾巴的屁股還得意地抖來抖去。

啪唧 —— 四不像奮力地扯開一個鹽焗水晶貝，沒想到手一滑，水晶貝不偏不倚地擊中龜丞相的腦門。

皇宮侍者們都被這一幕嚇得魂不附體，用責備的眼光看着布布路和四不像，似乎在說：你們居然敢惹一向持重刻板的龜丞相，真是……太不像話了！

「糟糕，又惹禍了！」餃子頭痛地撫額。

「布布路，管好你的怪物！」賽琳娜連忙提醒布布路。

「對不起，老烏龜爺爺，您拿這個擦一擦吧！」布布路充滿愧疚地將毛巾遞給龜丞相，沒想到這句話卻引發了更大的騷動。

「天哪，太沒有禮貌了！」

「那個地上人竟然稱呼尊貴無比的龜丞相老……老烏龜……爺爺！」侍者和官員們驚愕地張大嘴，下巴都快要掉在地上了。

大家都緊張不已的時候，撲哧一聲，赫拉拉居然笑了起來。

雖然不明白大家的反應，不過看到赫拉拉的笑容，布布路的心情也頓時好轉了。

龜丞相悻悻地擦去腦門上的油漬，看了布布路四人一眼，強忍怒火，問赫拉拉：「公主殿下，您打算怎麼處理這四個地上人？」

「龜丞相，我正想告訴你，我打算送布布路他們回到地上去！」赫拉拉微笑着回答。

「對不起，公主，我不能答應您的這個請求，」龜丞相拉長臉，深吸一口氣，厲聲說，「因為我要以綁架罪逮捕這些地上人！」

太傅努爾曼

綁架罪？

布布路四人面面相覷，赫拉拉不是幫他們澄清了嗎？他們沒有綁架她啊！琪琪也緊張地看着兩邊的局勢，顯出很害怕的樣子。

「龜丞相，你是不是弄錯了，他們 ——」赫拉拉話沒說完就被打斷了。

「我沒有弄錯，」龜丞相十分肯定地說，「老臣剛接到巡邏衞兵的報告，今日城內發生數起地上人綁架龍宮居民的案件！我查了城門的進出記錄，進入龍宮的人類除那兩個溺斃護城河的之外，只有他們四個！一定是他們綁架了龍宮的居民！」

「不可能，人魚餐廳碰頭之後，我就一直跟他們在一起！」赫拉拉連忙為布布路四人辯解。

「碰頭之前呢？您是否知道他們逃出天牢的事情？」龜丞相的話讓赫拉拉語塞了。

「沒錯，公主殿下，您千萬不要被這些地上人騙了！」在場的官員們全都贊同地站到龜丞相那邊，嫌惡地看着布布路四人，「如果他們沒有做虧心事，為甚麼要越獄呢？還有在護城河上接應他們的神祕人，也許是早就埋伏在龍宮裏的內應，總之，這些地上人非常可疑！」

神祕人⋯⋯這些官員說的一定是阿方索，賽琳娜三人小心地交換着眼神。在和阿方索分別的時候，他曾說過「龍宮很快會有更大的事件發生」，莫非他所指的就是綁架龍宮居民嗎？

赫拉拉跟龜丞相爭辯着：「布布路他們絕不會做出綁架的事！我相信他們，他們是我的朋友！」

「公主殿下！」龜丞相重重地敲着枴杖，強硬地說，「請您以大局為重，將這些地上人抓起來！」

「龜丞相，你還是這個老樣子，就不能聽聽公主的想法嗎？」一直低頭不說話的努爾曼大叔忍無可忍地插嘴。

「閉嘴！」龜丞相憤然轉頭看着努爾曼大叔，「你這個執迷不

悟的傢伙，你已經害死了王子，現在還要害公主嗎？」

「王子？」布布路像想起甚麼似的對其他三人說，「是赫拉拉口中那個『被活活累死』的哥哥嗎？」

「應該是，」帝奇低聲補充道，「在診所裏我就覺得努爾曼醫療箱上的圖案很眼熟，那是皇宮的標誌！」隱居在廢棄診所裏的努爾曼大叔和皇宮有甚麼淵源嗎？

真的是他害死了赫拉拉的哥哥嗎？

龜丞相指着努爾曼大叔，痛心疾首地對赫拉拉說：「公主殿下，您千萬不要被他騙了！這傢伙早年就被驅逐出龍宮……他是個騙子、陰謀家、策反者！來人，把他給我抓起來！」

皇家虎刺魚人軍團呼的一下衝進來，手裏舉着鋒利的長矛。

膽小的琪琪被嚇得鑽在桌子底下瑟瑟發抖，四不像不滿地衝着那些虎刺魚人衛兵嗤鼻孔。

「不許你們抓努爾曼太傅，下去！」赫拉拉生氣地喝道。虎刺魚人衛兵們不情願地退了出去。

太傅？這究竟是怎麼回事？布布路四人糊塗了。

「努爾曼大叔的事情我早就知道了！」赫拉拉向布布路四人解釋，「在我還沒有出生的時候，努爾曼大叔是皇宮中的太傅，專門教導哥哥成長。母親去世之後不久，哥哥突然不見了，只留下一張字條，說要去地上尋找新的人生，從那之後哥哥就再也沒有回來過。龜丞相多年來一直派人下去尋找，後來，他們傳回哥哥的死訊……」

「王子殿下的死全都要怪努爾曼！是他慫恿王子殿下去地上

世界的!」龜丞相氣憤地打斷赫拉拉的講述,惡狠狠地瞪着努爾曼大叔。

努爾曼大叔毫無懼意地說:「我只是告訴王子殿下,想要真正瞭解一個地方,就要自己親自去看一看。我從不認為自己教授王子殿下的道理是錯的,為甚麼我們要讓龍宮的居民對人類的誤會愈來愈深呢?」

「夠了!」赫拉拉制止了龜丞相,「我相信布布路他們絕對不會綁架我的子民!我不會放過壞人,但更不允許冤枉無辜的人!龜丞相,我現在以公主的身份特准布布路四人離開龍宮!你不要再跟我爭論了,因為這將是我最後一次請求你!」

「公主……」赫拉拉毋庸置疑的口吻讓龜丞相沉默了,布布

路四人疑惑地看着龜丞相。他明顯還很不甘心，卻生生忍住了，眼中流露出一絲悲哀。

局面還在僵持。一個魚人士兵突然跌跌撞撞地衝進來，慌亂地稟報道：「公主殿下，龜丞相，大……大事不好了！『炎龍之魂』失竊了！地上人打進皇宮啦！」

聽到這個消息，赫拉拉、龜丞相、努爾曼大叔還有在場的官員們臉色壞到了極點。

炎龍之魂？那是甚麼？布布路四人滿臉疑惑。

轟隆——

一聲巨響後，宴會廳一邊的牆壁坍塌了。一個熟悉的身影走了進來——是阿方索！

雲海國的魚龍公主
MONSTER MASTER 8

新世界冒險奇談
第十四站 STEP.14

內戰，紅巾軍來襲
MONSTER MASTER 8

居心叵測的策反者

不好了！有敵人闖入皇宮，而且這個人不是別人，正是戴着面具的阿方索。

布布路四人心中警鈴大作，阿方索之前提到的「比冬眠日更重大的事件」絕對不是好事！

阿方索踏入宴會廳的同時，赫拉拉的視線就如同黏在他身上一樣，寸步不離地追隨着阿方索的腳步。

「抓住他，他就是偷走炎龍之魂的強盜！」在阿方索身後，

萊特隊長氣急敗壞地追上來，指着布布路四人吼道，「還有這幾個地上人，他們是同黨！之前在護城河的時候，是這個傢伙救走他們的！」

大批的皇家衛兵衝上來，將布布路一行團團圍住。

「地上人？」阿方索不慌不忙，用嘲弄的口吻說道，「萊特隊長，拜託你看清楚，我的同黨到底是誰！」

阿方索打了個響指，一羣年輕力壯、全副武裝的人魚和魚人衝進來。他們的脖子上都繫着一條鮮紅的領巾，那是反叛軍的記號。

「腐朽的統治到此結束了！」阿方索拔出一把匕首，直指赫拉拉，振臂高呼，「歷史即將翻開新篇章！紅巾軍，把公主抓過

來，別傷到她一根汗毛，我要抓活的！」

「快快將公主殿下帶到後殿去！」龜丞相一聲大喝。

皇家衛兵和反叛軍同時擁向赫拉拉。

「不要！」一直緊盯着阿方索的赫拉拉終於回過神來，刀光劍影下，她發出驚恐的大叫。

「保護赫拉拉！」布布路四人緊張地護在赫拉拉的前面。

激烈的交戰開始了！

萊特隊長率領着數百名虎刺魚人組成的皇家軍團，使出渾身解數朝反叛軍發動猛烈攻擊。

阿方索率領的紅巾反叛軍在人數上只有虎刺魚人軍團的一半，但配合卻相當有默契，一看就知道他們訓練有素，絕非烏合之眾。

最可怕的是，反叛軍好像對虎刺魚人軍團的招數非常了解，很快就破解了他們的攻擊。虎刺魚人軍團對這個情況沒有心理準備，萊特隊長的指揮也頻頻失誤。

乒乒——

哐噹——

大廳內一片混亂，地上杯盤狼藉。反叛軍愈戰愈勇，節節逼近，虎刺魚人軍團被迫連連後退。

賽琳娜早就將琪琪從餐桌下拉出來，轉移到後方。琪琪大概從來沒有見過這種打鬥的場面，嚇得魂不附體。

「餃子，你有沒有覺得有點奇怪？」賽琳娜看着大聲指揮反叛軍的阿方索，狐疑地問餃子。

「沒錯，」餃子摸着下巴說，「龍宮裏的人恨死人類了，這些反叛軍怎麼會聽一個人類的差遣？這裏面肯定有甚麼名堂！」

「不管有甚麼名堂，我們都要帶赫拉拉逃出去！」布布路高舉着棺材，砸向幾個朝赫拉拉撲過來的紅巾反叛軍。

「但是赫拉拉並不想離開這裏！」帝奇冷冷地說。

三人忙回頭看去，就見龜丞相正苦口婆心地懇求赫拉拉：「公主殿下！這裏很危險，請讓老臣送您離開！」

「不，我不走！」赫拉拉拒絕了。

「公主殿下，現在可不是您任性的時候！」龜丞相急得滿頭是汗，「請您立刻跟老臣離開這裏！」

「龜丞相，我不是任性，」赫拉拉平靜卻又堅定地說，「自從我決定回皇宮開始，我就已經有面對命運的勇氣了。我之所以要留下，是因為那些反叛者也是我所庇佑的子民，我想知道他們叛亂的原因，我想親耳聽到他們的訴求！這是我身為公主的責任之一！」

龜丞相吃驚地看着赫拉拉，蒼老的面容上露出欣慰的笑容。

「公主殿下，您長大了，」龜丞相的眼睛濕潤了，似喃喃自語地說，「好吧，既然如此，老臣也要陪您一起留下！」

「不，龜丞相，我希望您能帶着布布路他們離開！」赫拉拉說完，看向布布路幾人，「我會讓龜丞相送你們到龍宮門口，然後你們回到最初的地方，坐上你們的船離開這裏！」

「不行，現在你有危險，我們不能走！」布布路首先反對。

「沒錯，赫拉拉，你需要我們！」賽琳娜也贊同地說。

「請你們聽我的話，」赫拉拉急切地說，「冬眠日就要來了，如果你們留在這裏，會有危險的！不論如何，我希望你們能代替我好好地活下去！」

代替我好好地活下去？

這怎麼聽起來像是遺言啊？冬眠，所謂的公主的宿命……赫拉拉一定還有事情瞞着大家！

這麼一來，布布路他們更不想走了。

「公主殿下為你們求情，老臣就姑且放過你們，請你們快點離開！老臣自會拚死保護公主殿下，啊 ——」龜丞相話還沒說完，就悶聲不響地倒下了。站在他身後的是高舉醫藥箱的努爾曼大叔。

「對不起，龜丞相，但我必須這麼做！」努爾曼大叔的眼中透出前所未有的堅決。

努爾曼大叔居然打暈了龜丞相！布布路他們難以置信地看着這一幕。難道事情真如龜丞相所說，努爾曼大叔是一個害死王子、居心叵測的策反者？

叛軍首領的真面目

「努爾曼大叔，你這是在做甚麼？」赫拉拉錯愕地看着倒在地上一動不動的龜丞相，憤怒又困惑地看着努爾曼大叔。

「對不起，公主殿下，您現在最好聽我的！」努爾曼一邊說，一邊伸手去抓赫拉拉。布布路四人忙衝到赫拉拉的前面，擋住

努爾曼大叔。

「請你們讓開，這是龍宮內部的紛爭！」努爾曼大叔嚴肅地說，「我保證決不傷害赫拉拉！」

「努爾曼大叔，不是我們不想相信你，可是現在你很顯然和那些反叛軍是一伙的，還襲擊了龜丞相，所以我們不能讓開。」餃子不肯讓步。

「雖然我們很感謝你救了琪琪，但請你告訴我們你這麼做的理由，我們才能選擇是否相信你！」賽琳娜神情複雜地看着努爾曼大叔。

赫拉拉也急切地說：「努爾曼大叔，請您親口告訴我，您不是想要毀掉龍宮的人！」

讓他們失望的是，努爾曼大叔一直低着頭，遲遲沒有開口。

「他在拖延時間！」帝奇提醒大家。

糟糕！布布路注意到，就在他們與努爾曼大叔對峙的時候，虎刺魚人軍團被反叛軍擊得潰不成軍。萊特隊長的一條腿受了傷，被對方俘虜了。剩下的虎刺魚人士兵失去領導，接二連三地被對方制伏在地。

唯一值得慶幸的是，反叛軍並沒有大開殺戒，只是點到即止，雖然不少虎刺魚人士兵受了傷，但都沒有性命危險。

阿方索走到努爾曼大叔的身邊，拍拍他的肩，說：「謝謝！」

「我會永遠追隨您的！」努爾曼大叔畢恭畢敬地朝阿方索行禮。

努爾曼大叔真的是反叛軍的一員！布布路四人的眼中都噴

出怒火，一個個蓄勢待發，準備衝上去跟對方拚個你死我活，赫拉拉卻出乎意料地安靜下來。

「大家不要衝動！」赫拉拉攔住布布路，快步走到阿方索的面前，激動地伸出雙手，將他的頭盔摘了下來。阿方索露出了真面目。

「你……」賽琳娜震驚地看着面具下那張年輕的臉。阿方索和赫拉拉長得好像啊！他們有着一模一樣的金色頭髮和湖藍色眼睛。

該不會是……大家的猜測很快在赫拉拉的下一句話中得到驗證。

赫拉拉深深地吸了一口氣，聲音顫抖地叫了一聲：「哥哥！」

預備生年度鑒定考核

Q07

以下哪些是四不像可以做到的?(怪物基礎多選題,全部選對才得分,多選或者少選都不得分)

A. 快速移動　　B. 十字落雷

C. 吞食火石　　D. 釋放超音波

E. 製造幻覺　　F. 遠距離移動物品

答案在本頁底部,答對得5分,你答對了嗎?

餃子: 布布路,我覺得應該給你的怪物再加一條「好吃懶做」……啊,好痛!(手指被咬)

四不像: 布魯!(翻譯:活得不耐煩了嗎?)

黑鷺: 我勸你還是住口吧,妄自議論這傢伙總是沒甚麼好下場的,嗚,突然就想到了我親手種的那些橘子……被四不像偷得一個不剩啊!(啜泣)

布布路: 黑鷺導師,請你堅強點吧!(拍黑鷺肩膀)有個消息我必須告訴你,最近你在祕密基地中種植的一批小番茄,它們今早陣亡在四不像的腹中了……(默哀)

黑鷺: 可惡!我要和你拚了,你這隻好吃懶做的醜八怪!(撲上去,與四不像陷入纏鬥)

餃子: 布布路,我覺得我們最好後退十米,免得遭殃……

完成這個測試後,你可以鑒定自己是否具備了成為怪物大師的能力。測試結果就在第八部的210,211頁,不要錯過哦!!

測試結果就在第八部的210,211頁,不要錯過哦!!

這是成為怪物大師的必經之路!!!

MONSTER MASTER
BRAVE DREAMS

尊敬的讀者:現在你跟隨布布路一起踏上了成為怪物大師的道路!向所有的困難發起挑戰吧!

雲海國的魚龍公主
MONSTER MASTER 8

新世界冒險奇談
第十五站 STEP.15
外環之海的祕密
MONSTER MASTER 8

龍宮往事，偉大的犧牲

「太好了，你還活着！」

兄妹兩人相擁在一起。大顆大顆的眼淚從赫拉拉的眼中滾落，阿方索安慰地拍着她的頭。

沒想到赫拉拉的哥哥還活着！布布路四人又驚又喜，驚的是反叛軍的首領阿方索竟然是龍宮的王子殿下，喜的是看樣子阿方索是絕不會傷害赫拉拉的。

難怪他可以輕輕鬆鬆地駕駛四條大馬哈士魚船，難怪他對

龍宮的構造瞭如指掌，難怪他可以拿走炎龍之魂，難怪他外表看上去明明是人類，反叛軍卻都願意聽他指揮，因為他的真實身份是高貴的皇族魚龍！

可是，他為甚麼要反叛皇宮呢？

「對不起，各位，之前我隱瞞了自己的身份，」阿方索像是聽到了布布路他們心中的疑問，誠懇地說，「我想你們大概已經知道了龍宮的魚人族和人魚族之間的矛盾。當時，在魚龍族的勸解下，他們終於停戰。但是你們知道，魚龍族究竟是做了甚麼，才令他們握手言和的嗎？」

四人搖搖頭，他們的確聽赫拉拉說過，但不知其中原委。

阿方索停頓片刻，講述了一段塵封的歷史——

那時外環之海的紛爭不斷。為爭奪有限的地盤和資源，魚

人族和人魚族之間的矛盾愈來愈深，終於演變成不共戴天的仇恨！兩方都認為只有除掉另外一方，才能夠讓自己一族更好地存活下去。

這種無休止的戰爭持續了整整兩百年，在外環之海的第一次寒冰期到來之時被迫中止了。

但是寒冰期的到來導致魚人族所有的魚卵都被凍死了，人魚族新誕生的寶寶也夭折了一半。

經歷過龍宮歷史上第一次寒冰期之後，人魚族和魚人族都受到重創。當意識到每隔兩百年，外環之海就要經歷一次寒冰期之後，他們陷入深深的恐慌之中。人魚和魚人的壽命高達兩百多歲，也就是說，每個人魚和魚人一生都會遭遇一次可怕的寒冰期。

這時，一名美麗的少女出現了。她告訴兩族的首領，只要雙方同意達成永遠的和平共處關係，她將庇佑兩個種族安全度過兩百年一次的寒冰期。一開始大家都不相信，直到少女變身成巨大的魚龍。少女的真正身份是皇族的魚龍公主！

魚龍是一種古老而稀有的物種，是人類、人魚和魚人共同的祖先，平均壽命高達五百歲，甚至更長。億萬年來，他們一直與世無爭地生活在神祕的外環之海，即使有人類誤闖上來，也很難發現他們的蹤跡，因為他們平時都會保持人類的外貌，只有在變身時才會呈現出魚龍的形態。

男性魚龍變身後體積大概會增大兩三倍，但是女性魚龍變身後會激增上千倍，大到可以容納下龍宮裏所有的人魚和魚人。

偉大的魚龍公主承諾，她和她的皇族後代將在每次的寒冰期到來時庇佑龍宮居民。並且，其他的魚龍將從此離開外環之海，將更多的生存空間讓給人魚族和魚人族。唯一的條件就是，兩族之間永遠都不能再發生戰爭。

至此，被戰爭紛擾兩百年的龍宮終於獲得寶貴的和平。魚人族和人魚族握手言和。在那之後，每兩百年一次的寒冰期，魚人族和人魚族都會躲進魚龍公主的身體裏休眠，躲避嚴寒，等到寒冰期結束之後再離開。於是，寒冰期到來的那一天就被大家稱為「冬眠日」。

從此，只有稀少的幾條皇族魚龍後代留在外環之海，其他的魚龍都遷去了更加神祕莫測的地方居住。所以，龍宮裏的魚龍族，是名副其實的「皇族」，到了這一代，只剩下赫拉拉和阿方索兩條魚龍。

龍宮也再沒有戰爭發生。

「原來是你們的祖先阻止了戰爭，真了不起呢！」布布路由衷地稱讚道。

「但是，」阿方索歎了口氣，黯然失色地說，「為了得到這份和平，魚龍公主將不得不付出生命的代價！」

付出生命的代價？

「難道……你是說……」賽琳娜不安地看向阿方索。

「是的，」阿方索痛苦地說，「魚龍公主在拯救所有人魚和魚人的同時，自己變大身體所受的創傷將無法彌補，她會因此

付出生命的代價!」

皇族使命，王子的決心

　　每一次冬眠日降臨之際，魚龍公主在庇佑整個龍宮之後，都要付出自己的生命!現任的魚龍公主是赫拉拉，那就是說，這一次要輪到赫拉拉犧牲了。

　　想到這裏，布布路他們都難過地看向低頭不說話的赫拉拉。

　　現在他們全都明白了，原來她之前所說的自己背負着的沉重命運就是這個!難怪她堅持要讓龜丞相送他們離開，一定是不想讓他們知道真相而難過。從赫拉拉決定重回龍宮開始，她就決定了要獨自面對犧牲!

　　「嗚嗚!」布布路哭得稀里嘩啦，「魚龍公主一定要犧牲嗎?我不要赫拉拉死!」

　　賽琳娜和琪琪都不停地抹眼淚。餃子偷偷在面具下抹眼淚，連帝奇的眼睛也紅了。

　　「哭甚麼，我還沒死呢!」赫拉拉嘴硬着，眼中卻淚如泉湧。這些笨蛋，幹嗎為一個剛剛認識的自己哭成這樣?赫拉拉心裏感動極了，只覺得好像和布布路他們上輩子就是朋友一樣。

　　「別哭了，說不定有辦法解決呢!」餃子哽咽着寬慰大家。

　　「有嗎?不管是甚麼辦法，只要能讓赫拉拉不要犧牲，我都願意去做!」布布路求助般地看向周圍的人。

　　阿方索感激地看着大家：「謝謝你們對赫拉拉的關心。其實

不瞞你們說，辦法不是沒有⋯⋯」

「甚麼辦法?」這下不光是布布路，賽琳娜、餃子、帝奇、琪琪，甚至連赫拉拉都將目光投向了阿方索。

阿方索點點頭，沉聲說:「兩百年前，我親眼目睹母親的痛苦犧牲，我嚇壞了。當時，作為下一任魚龍公主的赫拉拉還是一顆未孵化的卵。魚龍族的卵孵化和成長期都很漫長，按照正常情況推算，赫拉拉將在一百二十年後孵化，在下一次寒冰期到來之時，她的心智只能達到十歲少女的程度，也就是說，她將在人生剛剛開始的時候，就面臨死亡!」

「這真是太殘忍了!」布布路難過地唏噓着。

「所以，從那個時候起，我就下定決心，兩百年後不能再讓同樣的宿命發生在妹妹身上，失去了母親，妹妹是我在這個世上唯一的親人。我一直拚命地尋找辦法，努爾曼太傅帶我走遍龍宮的大街小巷，在他的指導下，我重新認識了龍宮。」阿方索平靜地繼續說道，「魚人族和人魚族的矛盾一直是龍宮無法解決的大問題。雖然在我們祖先的努力下，兩族之間不再有戰爭，但矛盾依然存在。你們都知道，為確保兩族數量維持微妙的平衡，平均利用外環之海的資源，龍宮通過一條法律限制魚人族的孵化數量，大量的魚人孩子被奪去了生命。」

「嗯，鯉魚頭大叔就是其中之一，」布布路沉痛地說，「雖然他出賣了我們，但是誰願意出賣幫助過自己的人呢?他只是想讓自己的孩子活下去⋯⋯」

「是的，朋友，」阿方索衝布布路點點頭，「我一直在想，這

樣真的正確嗎？難道就沒有更好的解決辦法嗎？我想要尋找一種解決辦法，讓魚人族和人魚族真正地和平相處，讓所有人都有權利活下去！為此，我想要去更多的地方看看！

「但是龍宮的法律不允許任何人私自去地上世界。這裏所有的人從小就被告知，地上世界是多麼的可怕，人類是多麼的殘忍邪惡。但是，努爾曼太傅從來不這麼教我，他鼓勵我親自去看！在他的幫助下，我偷偷地逃離龍宮，去了地上世界。

「我在地上世界周遊，去了很多國家，見識到各種各樣的人和事，其間，有很多善良的怪物大師幫助過我。同時，龜丞相也一直派人去尋找我。為了擺脫他們，我通過假死的方法騙過了那些追兵。功夫不負苦心人，最後我終於找到了辦法！這一次，不會再有任何人犧牲了！」

✚ 影王的禮物

「甚麼辦法？」布布路着急地問。

「我已經為龍宮中所有的居民規劃了一個新的未來，不但可以讓他們不再懼怕寒冰期，而且能夠真正化解魚人族和人魚族長期的矛盾，讓龍宮成為一個真正的樂園！」阿方索自信地舉起雙手，亮出一直被他緊握在掌心的一顆渾圓的珠子，「只要按照我的計劃，妥善使用炎龍之魂，一切問題都可以解決！」

「噢噢噢！是我之前在英雄之路看到的龍珠！」布布路大叫。

「沒錯，我曾經說過，焰角·羅倫是我父親的朋友，這就是

他留在龍宮的禮物！」接着，阿方索向大家講述了那段和十影王焰角‧羅倫有關的故事——

　　大概在距今五百年前，有一批被懸賞通緝的地上強盜來到龍宮，他們無惡不作，到處燒殺搶掠，並綁架了當時的魚龍公主。當時寒冰期即將到來，沒有魚龍公主的庇護，龍宮居民人心惶惶。

　　就在這個時候，一個叫焰角‧羅倫的怪物大師騎着一條名為炎龍的怪物出現了，打敗了那羣可惡的強盜，解救出魚龍公主，拯救了龍宮。

　　這是龍宮居民第一次認識到人類也有善良的。為紀念焰角‧羅倫的功績，當時的魚龍公主命人建造了英雄之路和炎龍的雕像。

　　因為冬眠日的臨近，焰角‧羅倫不便在龍宮久留。他在臨走之前，在英雄之路上留下手印和題詞，還留下一顆名為「炎龍之魂」的寶物。焰角‧羅倫將炎龍的力量封印在其中，盛放在一顆定海神珠之中，只有皇族魚龍才能開啟它。如果有一天龍宮遇到難以化解的危機，皇族的魚龍就可以利用炎龍的強大力量幫助龍宮擺脫困境。之後，他就帶着那羣盜賊回地上世界去了。

　　「甚麼？原來直到五百年前焰角‧羅倫還活着……難道他也跟安古林一樣只是隱居起來了？」餃子驚歎道。

　　「哇啊啊，焰角‧羅倫真厲害啊！不愧是我們影王村的驕

傲!」布布路內心湧起一股濃濃的自豪感。

「十影王不愧是傳說中的人物，也許我們都無法用常理來解釋和判斷……」賽琳娜和帝奇也嘖嘖稱奇。

阿方索點點頭，激動地說：「後來我終於發現炎龍之魂中蘊含着驚人的炎能量，可以灼傷空氣。只要合理利用它，我們就能讓龍宮安全地降落到地上，這樣就可以躲過寒冰期了！」說着，他指向身後的反叛軍，「這些戰士們瞭解並且支持我的計劃，並願意為此戰鬥！」

布布路朝阿方索指的方向看去，那些反叛軍們已經重整旗鼓，整裝待發，臉上都露出堅定而又滿懷希望的神情。

赫拉拉感動地看向自己的哥哥，喃喃地說：「哥哥，謝謝你為我做的一切！」

阿方索拍了拍赫拉拉的頭，誠懇地看向布布路幾人：「現在，請各位跟我一起去皇宮露台，我要將這個偉大的計劃和所有的龍宮子民們分享！」

新世界冒險奇談
第十六站 STEP.16
不被認可的未來
MONSTER MASTER 8

阿方索的計劃

　　在阿方索的要求下，大家來到英雄之路盡頭的露台上。護城河的對岸黑壓壓地擠滿人魚和魚人，他們都焦急地探頭看向露台。

　　「剛才龜丞相不是宣佈公主已經找到了嗎？現在突然把我們召集過來，難道又發生甚麼事了？」大家不安地議論紛紛。

　　「赫拉拉，你和他們留在這裏，」阿方索將赫拉拉和布布路幾人安排在一個下面看不見的角落裏，「記住，不能讓大家看見

你，這是我計劃的一部分！」

真是奇怪的計劃！布布路幾人互相看了一眼。

赫拉拉安靜地蜷坐着，將頭放在膝蓋上，琪琪在旁邊輕拍着她的肩。自從見到阿方索之後，赫拉拉好像更加心事重重了。

「現在我們只能希望阿方索的計劃能成功了。」賽琳娜幽幽地說。

「聽！阿方索開始說話了！」帝奇提醒大家。

大家都豎起耳朵，露台上的擴音器將阿方索低沉的聲音放大上百倍，朝龍宮的各個方向擴散開去 ——

龍宮的子民們，我是阿方索，我回來了！接下來，我要告訴大家一個不幸的消息，剛才的消息是假的，魚龍公主確實失蹤了，但她並不是被地上人綁架了，而是不幸遭遇了可怕的暴風環流，被捲到地上世界去了。

「公主出事了！」

「沒有公主，龍宮就完了！」

「剛才龜丞相為甚麼要騙我們？」

阿方索宣佈的消息引發一陣喧囂。龍宮到處瀰漫着民眾們驚慌又擔憂的聲音，但很快，各種各樣的質疑聲就佔據了上風。

「這個阿方索殿下是真的嗎？他不是死了嗎？」

「聽聲音的確是阿方索殿下！如果不是殿下，怎麼能在皇宮露台上說話呢？」

畢竟對於龍宮的居民而言，阿方索失蹤了將近一百年，並且不久前還被宣佈死亡。現在突然死而復生，實在讓大家不得不產生懷疑。

這時，廣播裏再度傳出阿方索的聲音——

各位，我是貨真價實的阿方索！我手上的炎龍之魂就是憑證！

說到這裏，阿方索舉起手中如火焰般燃燒蒼紅的圓珠，裏面可以清楚地看到一條龍的輪廓。除了皇族，沒有人可以拿走炎龍之魂。質疑聲漸漸散去了，但是對公主失蹤的擔憂依然存在。

「公主殿下真的被捲走了？」

「趕緊把公主找回來啊！」

龍宮陷入深深的不安之中。

請大家放心，我已派人去尋找公主了，但冬眠日馬上就要來了，我們可能沒時間等公主回來了。所以，現在只有一個辦法對抗即將到來的寒冰期——

說到這裏，阿方索故意停頓了一下。等到下面騷動的居民漸漸安靜下來，所有的居民都屏住呼吸，豎起了耳朵。

想必各位都知道，十影王焰角 · 羅倫曾給龍宮留下這件禮

物 —— 炎龍之魂，它具有驚人的炎能量。只要利用它，我們就
能讓龍宮安全降落到地上，躲過寒冰期！

下面一片死寂，誰都不說話。

「赫拉拉明明在這裏，阿方索為甚麼要說她不見了，嚇唬大
家呢？」布布路奇怪地問。

「噓！」賽琳娜連忙捂住布布路的嘴，壓低聲音說，「別出
聲，這是阿方索的計劃！」

餃子壓低聲音說：「阿方索藏起赫拉拉，是想讓龍宮的居民
沒其他選擇，只能去地上世界。這樣就既可以躲過寒冰期，又
不需要赫拉拉做出犧牲了。」

「龍宮的居民會答應嗎？」布布路小聲地問。

「事情沒那麼簡單！」帝奇乾脆地說。

果然，幾秒之後，就聽見下面爆炸般地響起抗議的聲音。

「我們不去地上！」

「不去！我寧可凍死在外環之海，也決不下去！」

「他是打算毀滅龍宮吧？」

「這種未來我們根本不需要！」

反對聲一浪接一浪，居民們只在意公主被捲走的可怕事實，
根本沒人在意阿方索的提議，甚至無一例外地憤怒抗議，拒絕
阿方索的計劃。

留下還是離開

我能理解大家對地上世界的恐懼。

阿方索不氣餒地說，擴音器將他有力的聲音送到每一個龍宮居民的耳畔 ——

請各位相信我，我決不會讓你們遇到危險！離開龍宮的這些年，我走遍藍星上的每一塊大陸，最終為大家尋找到一個世外桃源！那是一片豐饒的大海，氣候温暖宜人，大家再也不用擔心兩百年一次的寒冰期了！而且，我組建了一支驍勇善戰的軍團，我們有信心能保證大家的安全，絕對不會讓任何人受到人類的欺凌！

沒有任何的反應，龍宮居民都用不信任的眼神看向高高在上的阿方索。

子民們！地上世界並不像你們想像的那麼可怕，請你們好好想想，那裏可是你們祖先曾經的家園！我在藍星的海底很多地方都看到人魚族和魚人族文明留下的痕跡！那裏並不是屬於人類的，而是屬於你們的！你們才是那裏真正的主人！難道你們就甘心永遠躲在外環之海這塊彈丸之地嗎？

阿方索愈說愈激動 ——

我到了地上世界才知道甚麼是真正的大海，那裏浩瀚無邊，棲息着各種各樣你們在外環之海永遠都不可能見到的海洋生物。難道你們不想親眼去看一看嗎？難道你們想讓子子孫孫永遠都只能在夢裏幻想大海的樣子嗎？

居民們開始竊竊私語，有的默默地抹去眼中的淚水。年輕一輩的表情開始變了，似乎開始考慮阿方索的話，但更多的居民依然露出排斥的表情。

廣播裏，阿方索苦口婆心地繼續說道 ——

子民們，現在的你們並沒有經歷過被人類迫害的歷史。你們所聽到的，都是祖祖輩輩流傳下來的。但是世界在變化，人類也在進步。如果你們因為害怕而不去瞭解人類，就永遠也不會知道他們到底是甚麼樣子的！現在的你們，害怕的根本不是人類，而是面對自己！

「阿方索殿下，魚龍族從來沒有被人類迫害過，您根本不會理解！」

「沒錯，就算我們願意，人類也不會和我們和平共處！」

露台下方傳來反對的聲音，不少居民紛紛附和，向阿方索表明他們不願離開的決心。

人類中的確有邪惡的人，但也有許許多多善良的人。如果你們不去試着理解，那麼仇恨永遠都不會消除。的確，魚龍族並沒有遭受過人類的迫害，但是在龍宮的這些年，魚龍族和你們親如一家，我絕對不會離開各位！無論在地上世界遇到甚麼樣的危險和問題，我都會跟大家共同面對！請大家相信我，跟我一起去地上世界建設我們的家園吧！

　　露台下方轟的一聲炸開了鍋，這一次除了反對的聲音之外，還傳來支持阿方索的聲音。

　　「赫拉拉的哥哥能成功嗎？」布布路急切地問。

　　「不知道，」餃子坦白地說，「這裏的居民對地上世界的恐懼和對人類的仇恨已經積累了好幾個世代。要在短時間內消除根本不可能，我想正因為如此，阿方索才會想到這個破釜沉舟的計劃吧？」

　　「唉，我很想幫赫拉拉和阿方索，可覺得根本插不上手。」賽琳娜有些不甘心地說。

　　「哼，一羣膽小鬼！」帝奇冷冷地評價着那些持反對意見的龍宮居民們。

赫拉拉的決定

　　正當龍宮居民們為阿方索的計劃爭論不休之時，他們中突然鑽出好幾個憤怒的人魚和魚人。他們舉起擴音器，朝着露台

上的阿方索大喊：

我們的孩子被可惡的地上人抓走了！

阿方索殿下，您讓我們不要恨地上人，可他們在龍宮都敢胡作非為，更不用說在地上了！

阿方索殿下，您連生活在龍宮中的孩子都保護不了，如果到了地上，我們更無法信任您了！

這個消息猶如炸彈，擊碎了原本有些動搖的龍宮居民。大家臉上都露出驚恐萬分的神情。

「天哪，人類真是太可惡了！」

「阿方索殿下在說謊，魚龍族的目的是想把我們趕出龍宮！」

「魚龍族不想再跟我們分享龍宮了！」

「我們寧死不去地上！」

「我們的未來由我們自己決定！」

反對的聲浪愈來愈大，每個居民都在怒吼。對人類的仇恨蔓延開來，他們甚至開始質疑魚龍族。整個龍宮都沸騰了。

「等等，」側耳傾聽的餃子沉思道，「剛才龜丞相也懷疑我們綁架了龍宮的居民，說不定真的有人類在龍宮渾水摸魚啊！」

「是誰？」布布路氣憤地說，「我決不原諒他們！」

「除了我們之外的人類，還有誰呢？」賽琳娜有些困惑地問。

帝奇正想說甚麼，餃子突然擔憂地說：「不好，局面失控了！」

大家連忙豎起耳朵，只聽露台下面傳來齊聲呼喊：

寧死不去地上！寧死不去地上！寧死不去地上！

　　龍宮居民們強而有力的呼聲淹沒了阿方索的聲音，赫拉拉
蜷縮在角落裏瑟瑟發抖。布布路幾人尚且跟隨着局勢的發展心
情劇烈起伏，可以想像，赫拉拉的內心經受着怎樣的折磨。

　　就在這時，更加令人意想不到的事情發生了——

　　「布魯！布魯！」安靜了許久的四不像突然衝着露台叫個不
停。

　　「哥哥！」赫拉拉驚恐地大叫一聲。

　　一道刺眼而灼熱的光芒如閃電一般刺中阿方索的身體，有
人將電石擲向阿方索！

鮮血從阿方索的傷口湧出來，他緊緊地握着赫拉拉的手，虛弱而失落地說：「對不起，赫拉拉，我失敗了……」

努爾曼大叔趕緊上前檢查了阿方索的傷口，示意大家他的傷勢並不嚴重。

只是，恐怕他心裏的傷口才是真的致命吧。

「沒關係，哥哥，你已經盡力了，我很感動，」赫拉拉閉上眼睛，忍住要奪眶而出的眼淚，深吸一口氣，「大家放心，琪琪能做到的事，我也可以。如果這就是我的命運，我選擇不逃避！」說完，赫拉拉猛地站直身子，朝着露台大步邁去。

「不行啊，赫拉拉，你別衝動！」賽琳娜拉住赫拉拉，「也許還有辦法……」

「是啊，你一出去的話，阿方索的努力就白費了。」餃子也勸說道。

「謝謝你們，」赫拉拉感激地看向布布路四人和琪琪，「但你們都看見了，哥哥的計劃已經失敗了！如果我再不出現，不僅人魚族和魚人族之間的矛盾無法化解，他們對魚龍族的信賴也將不復存在，屆時龍宮將再次籠罩在戰火和硝煙之中，那哥哥的努力就真的白費了！我不能再自私了！」

赫拉拉深深地看了哥哥一眼，然後堅定地扭頭大步登上露台，展開雙手安撫憤怒而又躁動的龍宮居民們。

「看！那是公主殿下！」

「太好了，公主殿下回來了！」

「公主殿下沒事就好，龍宮有救了！」

「赫拉拉!」阿方索不甘心地看向赫拉拉,還想做最後的努力。

「哥哥,謝謝你為我做的一切,但是接下來的決定,是我深思熟慮之後作出的!」赫拉拉說到這裏,深吸一口氣,大聲地宣佈——

請大家放心,我回來了!我會庇護你們的!

露台下羣情激動,大家齊聲高呼:「公主殿下萬歲!公主殿下萬歲!公主殿下萬歲!」

布布路四人看着這一幕,心情都非常複雜。

「赫拉拉好勇敢!」布布路紅着眼圈說。

四不像趴在布布路的脖子上哭得慘兮兮的,眼淚鼻涕全順着布布路的脖子流進他的衣服裏。

「沒錯,她是我見過的最勇敢的人!」賽琳娜也難過地流下眼淚。

「唉……」餃子也歎了口氣。

「她真的長大了,成為可以獨當一面的魚龍公主了。」一個蒼老的聲音從後面傳來。龜丞相不知何時甦醒了,熱淚盈眶地看着赫拉拉的背影。

Q08　_____是用怪物九幻夢貘的頭骨打磨而成的，還加上煉金術中被譽為幻眼之石的青晶石，所製成的祕術之鏡，可以儲存和播放映入黃泉水中的所有影像。（怪物基礎知識填空題）

答案在本頁底部，答對得3分，你答對了嗎？

賽琳娜：據我查證，怪物圖鑒中並沒有關於怪物九幻夢貘的介紹，不過在十字基地的圖書館裏我發現一些古書中提及九幻夢貘。它是傳奇中的夢幻之怪，能力是編織各種令生物沉浸其中的夢境，至今無法判斷它是否真實存在，因為沒有人見過它，但有人遭受過這種能力的危害，從此長眠不醒。

帝奇：我認為黃泉沒必要在這件事上撒謊。

布布路：帝奇，你的意思是九幻夢貘真的存在嘍？可既然是用它的頭骨打磨成的鏡子，那它已經死了嗎？是被黃泉殺死的嗎？

餃子：應該不是。試想倘若你是黃泉，會直接掌握這種夢幻之怪的能力，還是只能間接利用它的骸骨呢？答案很明顯吧，直接掌握比較有利。

賽琳娜：不管怎麼說，這都代表了黃泉的實力不容小覷，我們要加強戰術配合，總有一天打倒他！

完成這個測試後，你可以鑒定自己是否具備了成為怪物大師的能力。

測試結果就在第八部的210，211頁，不要錯過哦！！

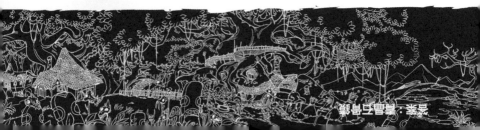

答案：幽冥·夢影魔鏡

新世界冒險奇談

第十七站 STEP.17

同仇敵愾，龍宮大決戰

MONSTER MASTER 8

作惡多端的馬戲團

在大家又是感動又是難過的時候，一張巨大的網出其不意地從天而降，不偏不倚地兜住赫拉拉。

布布路他們和皇家衛兵們來不及做出反應，那張巨大的網猛地向上一提，帶着赫拉拉咻地朝高處飛去。

「那是甚麼？」

布布路跳上露台欄杆，只見一艘大船正從龍宮上方駛過，罩住赫拉拉的巨網就繫在船身上。

「那不是我們的方舟嗎?」賽琳娜詫異地說。

他們來龍宮之前不是將它藏起來了嗎?它怎麼會出現在這裏?

「是幻海之星馬戲團的怪人,他們沒死!」布布路指着方舟上的人。船上不僅有愛克斯團長和飛刀傑克,還有他的三個部下。飛刀傑克炫耀地拖着一個鼓鼓囊囊的漁網,裏面全都是人魚和魚人的孩子。

「原來是他們擄走了人魚和魚人的孩子!」賽琳娜咬牙切齒地說,「還偷走我們的方舟!」

仇人見面分外眼紅,四人都攥緊了拳頭。

「哈哈,怪物大師預備生們,」愛克斯團長掏出一個巨大的擴音器,輕咳兩聲,趾高氣揚地說,「你們太小看幻海之星馬戲團了。我們天天跟野獸打交道,區區幾條食人魚根本不在話下!之前我們是故意示弱,好讓你們放鬆警惕,其實這都是我們計劃的一部分!不過,還真是多虧你們在皇宮裏弄出那麼大的動靜,分散了皇家衛隊的注意力,我們才有機會抓到這麼多條魚,居然還逮到了真正的魚龍公主!」

說着,他狠狠地踢了漁網一腳。人魚和魚人孩子們驚恐的哭聲揪着每個人的心。龍宮居民都被這一幕激怒了。阿方索和反叛軍們更是火冒三丈,可是誰也不敢輕舉妄動,孩子們和赫拉拉都在船上,萬一傷到他們就糟糕了!

「你們趕緊去龍宮大門……」阿方索朝幾個反叛軍耳語幾句,他們立刻趕去執行命令了。

布布路深吸一口氣，大聲喊道：「不許你傷害我的朋友們，把他們統統釋放！」

露台上的擴音器將他的聲音放大一百倍，龍宮所有的居民都清清楚楚地聽到了。

「做夢！」愛克斯團長啐了一口唾沫，大放厥詞，「甚麼你的朋友，看清楚，他們是魚！是商品！商品！懂不懂？和被我們改造的琪琪不一樣，是貨真價實的人魚和魚人！每一條都可以賣個好價錢！尤其是這一條！」

愛克斯團長指着巨網中的赫拉拉，流着口水說：「還從來沒有人能抓到皇族魚龍呢，她足夠我們吃喝好幾輩子的，哈哈哈！」

「你們這些卑鄙的壞蛋！」賽琳娜怒不可遏地喊道。

「看來你們騙了我們不少事情，不過不會再有下一回了！」餃子咬牙切齒地說。

「有本事下來跟我單挑！」帝奇額上爆出了青筋。

三個人召喚出各自的怪物，萊特隊長也帶着皇家衞隊趕來，士兵們拉開弓，將熊熊燃燒的火箭朝着方舟的帆布射去。可是方舟上有最先進的防禦裝置，火箭一遇到帆布立刻就熄滅了。

方舟開始加速，大家只能眼睜睜地看着方舟愈飛愈高，很快就要衝出龍宮了。

「阿方索，你有沒有辦法把我弄到赫拉拉那裏去？」布布路向阿方索懇求道，「我一定會把她救回來的！」

「對啊，阿方索，龍宮有沒有飛船之類的飛行器啊？」賽琳

娜也急切地問。

「龍宮沒有飛船，」努爾曼大叔為難地說，「外環之海地理位置特殊，普通飛船根本無法在這裏飛行。」

大家都焦急地看着那個拖着赫拉拉在龍宮上空掠過的龐然大物，急得束手無策。布布路四人更是心急如焚，沒想到方舟會給龍宮惹來這麼大的麻煩。

難道要眼睜睜地看着馬戲團那羣壞蛋把赫拉拉抓走嗎？

「請各位耐心等待片刻！」阿方索似乎有所準備，眼睛一眨不眨地望着方舟的方向，他的手因為激動而微微顫抖着⋯⋯

沒過多久，方舟開始不安分地搖擺起來，一股憑空出現的巨大氣流阻止了它的前進，並且逼着它一點一點從原路退了回來。

■一個人的戰鬥

在強大氣流的作用下，遠去的方舟居然又原路返回了！

這股氣流是從哪裏冒出來的？布布路四人不解地看向阿方索。他好像對此一點兒都不意外，難道他有控制空氣的能力？

「其實龍宮大門是用兩塊巨大的風石切割而成的，可以在降雨不足的時候調節氣流，召來雲朵，剛才我讓手下偷偷去大門啟動了巨型風石，」阿方索稍稍鬆了一口氣，耐心地跟大家解釋道，「放心，我不會讓他們帶走赫拉拉的！」

方舟離他們愈來愈近，布布路坐不住了。

「餃子，這個距離藤條妖妖應該可以夠到吧？」布布路指着困住赫拉拉的那張網。

「明白！」餃子馬上向藤條妖妖下達命令，「藤條妖妖，空中藤梯！」

唧！藤條妖妖甩出四根藤鞭，兩根纏住吊在方舟下的巨網，另外兩根纏繞在一起搭在那兩根藤鞭上，形成一個從露台通往巨網的空中藤梯。

「不過藤條承重能力有限，只能上去一個人。」餃子補充道。

「放心吧，我一定會把赫拉拉救出來的！」布布路穩穩地踩在藤梯上，朝赫拉拉衝過去，「赫拉拉，不要怕，我來救你了！」

看到這一幕的愛克斯團長不屑地朝飛刀傑克喊道：「阻止他！切斷藤梯！」

唰唰唰——飛刀傑克毫不猶豫地朝空中藤梯甩出四把鋒利的尖刀。

「不好，布布路，危險！」賽琳娜擔心地喊道，但是大姐頭的擔憂被更多驚呼聲淹沒了……

「棺材小子，小心啊！」

「該死的馬戲團！」

「大家快想辦法接住他！」

不光大姐頭替布布路的安危懸心，所有觀望着方舟的龍宮居民都發出陣陣緊張的呼喊，不知不覺之中，他們不再忌憚這些誤闖龍宮的人類少年了，而是把布布路他們當成龍宮的一分子，現在大家共同的目標只有一個——拯救被綁架的人魚和魚

人孩子們，拯救魚龍公主赫拉拉！

「嗬呀！」危急關頭，帝奇騎着巴巴里金獅一躍而起，看準時機甩出四把飛鏢。

叮叮噹噹 —— 帝奇的飛鏢精準地在空中擊中四把飛刀，將它們彈飛了。

豆丁小子終於一雪前恥，擊落了飛刀傑克的暗器。在帝奇的協助下，布布路安全抵達掛在方舟下的巨網，就見巨網裏的赫拉拉露出極其虛弱的神情，一動也不動。

「赫拉拉，堅持住！」布布路一邊說，一邊掏出一把匕首想要把巨網割斷，可是不管怎麼用力，巨網一點磨損的痕跡都沒有。

怎麼會這樣？

「赫拉拉，你趕緊變身成魚龍，這樣這張網就罩不住你了！」布布路着急地提醒道。

可是赫拉拉的臉色愈來愈蒼白，無力地搖搖頭，連話都說不出來了。

「臭小子，別白費力氣了！」愛克斯團長從方舟上看到這一幕，得意地說，「別小看這張巨網！實話告訴你，我的祖先曾經來過龍宮，還抓到過當時的魚龍公主呢，可都怪該死的焰角·羅倫壞事，所以我最討厭你們這些怪物大師了。後來我的祖先把在龍宮的見聞代代相傳，並從那個時候就開始世代研製抓捕魚龍的巨網，這張網不但割不破，還能克制魚龍的力量，所以……哈哈，這條蠢魚在裏面是不能變身的！」

「我懂了！」布布路收起匕首，開始順着吊住巨網的繩子往

方舟上爬，「我只有打敗你才能救出赫拉拉！」

「蠢貨，我不會讓你上來的。傑克！」愛克斯團長冷笑着，比了個手勢。

飛刀傑克掏出四五把飛刀，全部瞄準了布布路。

一陣密集的火箭射過來，阻攔了傑克的狙擊。

「棺材小子，你放心往上爬，這些怪人交給我們！」方舟已經位於皇家衛隊的射程之內，這一次沒等帝奇動手，萊特隊長就命令弓箭手發射火箭，為布布路作掩護。

雖然方舟不怕火，但是弓箭手在萊特隊長的命令下改變目標，對準了愛克斯團長他們。

一波波的火箭攻擊緊鑼密鼓地射向作惡多端的馬戲團怪人們。

「不好！」愛克斯團長一行人連忙伏在方舟的甲板上，躲避火箭。

與此同時，布布路順着繩子不斷地往上爬，眼看就要爬到方舟上了，一時間，整座龍宮裏鴉雀無聲，只有帶着火光的火箭嗖嗖穿破空氣的聲響。

人魚和魚人居民們、魚人士兵、皇家衛隊、紅巾軍、琪琪、賽琳娜三人、努爾曼大叔、萊特隊長、龜丞相、阿方索……大家都目不轉睛地盯着努力向上攀爬的布布路，在心裏為他加油打氣。

加油，布布路！加油，棺材小子！加油，勇敢的怪物大師預備生！

「這羣討厭的魚類和可惡的怪物大師預備生，看來不給你們點厲害嘗嘗是不行了。」愛克斯團長抱頭趴在甲板上，臉色難看到極點，猙獰地說，「方舟可不僅僅是一艘精良的交通工具，更是一艘所向披靡的戰艦！反正那張捕捉蠢魚龍的網是用煉金術煉就的，可以反彈任何傷害，所以我們不需要擔心弄壞貴重的商品，可以放手大幹一場了！開炮！」

幾個怪人在愛克斯團長的命令下連滾帶爬地閃進駕駛艙。

很快，就聽轟的一聲，機關被觸動，方舟的底部翻出一排密集的火炮。

轟隆隆——火炮彈朝四面八方噴射，霎時間，龍宮四處充斥着爆炸的轟鳴聲，硝煙四起，火光沖天，居民們四處躲避，發出驚恐的尖叫和哭喊聲。

戰況急轉直下，混亂中，噩耗連連！

「隊長，不好了！」皇家衞隊着急地向萊特隊長報告，「方舟的高度超出弓箭手的射程！」

「怎麼回事，龍宮大門上的風石不是啟動了嗎？」萊特隊長焦急地問阿方索。

「殿下，不好了！」遠遠地，幾個繫着紅巾的魚人士兵連滾帶爬地奔過來，心驚膽戰地向阿方索哭喊道，「一枚火炮擊中龍門，風石嚴重損毀！」

阿方索和萊特隊長交換一個驚慌的眼神：現在方舟超出皇家衞隊的射程，但是方舟底部的火炮卻依然可以攻擊龍宮裏的任意目標。面對進攻，龍宮成了毫無還擊之力的待宰羔羊。

賽琳娜三人則憂心忡忡地望向再次升高的方舟。

嘭——

一枚炮彈在布布路身旁炸開，雨點般的彈片和火花全都濺到布布路身上，他疼得齜牙咧嘴，卻不敢鬆開抓着藤條的手。

唧！藤條妖妖的兩條藤鞭被紛飛的彈片擊中，痛得縮成一團。

餃子大叫道：「對不起，藤條妖妖，我知道你很疼，但是請你千萬不要鬆開藤條，否則布布路會摔死的！」

「天哪，布布路！」賽琳娜的雙手在胸前合十，除了祈禱，她不知道自己還能做甚麼。

「可惡！」帝奇徒勞地朝空中丟着飛鏢，但是距離實在是太遠了，根本沒用。

轟隆隆——

在窮凶極惡的愛克斯團長的指揮下，方舟底部的火炮毫不留情，更多的火炮全都對準布布路，絲毫不給他喘息的機會。除了用棺材勉強招架，吊在巨網繩子上的布布路全無還手之力。

藤條妖妖的體能也瀕臨耗盡，四根藤鞭隨時可能會破碎抽離。方舟愈來愈高，如果藤鞭消失，或是布布路不小心失手跌落，後果將不堪設想！

最後的活路

方舟愈升愈高，掛在上面的布布路被火炮攻擊得寸步難行。

　　與此同時，四處墜落的炮彈和被擄走的魚龍公主讓龍宮陷入前所未有的恐慌和混亂，居民們東躲西藏，絕望、窒息、擔憂、憤怒、不甘、怨恨、無助……各種情緒充斥大街小巷，人魚和魚人們失聲痛哭、喊叫着：

　　「棺材小子不中用了，公主殿下要被抓走啦！」

　　「該死的炮彈，我的房子被毀了！」

　　「完了，全完了，龍宮要毀於一旦了！」

　　「媽媽，我怕，我不要被凍死，嗚嗚嗚……」

　　「沒有魚龍公主的庇護，寒冰期誰也逃不了！」

　　一面是處在危險之中的布布路，另一面是絕望的龍宮，餃子三人急得焦頭爛額。

　　如果讓愛克斯團長他們就這麼逃脫了，不僅赫拉拉和那些被綁架的孩子將面臨悲慘的命運，鏡湖通往龍宮的途徑也將被公之於眾，那就會有更多貪婪和不懷好意的人類湧入龍宮，搶奪財寶，綁架人魚和魚人，屆時龍宮將面臨比冬眠日更加可怕的死亡陰影，甚至重蹈歷史的覆轍！

　　「王子殿下，事到如今，我認為……」努爾曼大叔緩步走到阿方索身旁，遲疑地說道。

　　面對眼前混亂不堪的場面，作為龍宮的王子，阿方索出乎意料地一直保持着沉默。他的眉頭深鎖，冷峻的目光一刻也沒有離開帶着赫拉拉遠去的方舟。雖然他沒有說話，但是他周身卻散發着難以名狀的寒意，那是一種屬於皇族的驕傲，是身為一國王子的威嚴和決心，是一種破釜沉舟和視死如歸的氣勢。

賽琳娜三人擔心地看着阿方索，努爾曼大叔的話讓大家都無端感受到一絲不安。只見阿方索的身體微微抖了抖，視線若有所思地落到手中的炎龍之魂上。

「你不會是想……」餃子似乎猜到阿方索的心思。

「這……」賽琳娜遲疑地說，「龍宮的居民會願意嗎？」

「現在沒有其他辦法。」帝奇冷冷地說。

「這是最後的活路了！」阿方索高高舉起手中的炎龍之魂，「我決定了，現在立刻就將龍宮降到地面，與其被動受人欺凌，不如主動去面對！一旦我開啟炎龍之魂，托着整個外環之海的化石雲團都會降到地面上去！在強大的氣壓和氣流變化的作用下，方舟也會跟着我們一起降到地面，這樣的話，就能拯救赫拉拉及所有龍宮百姓了！」

說完，阿方索開始運氣，用皇族魚龍的力量召喚炎龍之魂。

在阿方索的操縱下，炎龍之魂呼的一聲變成一個熊熊燃燒的火球，炙熱的火舌將賽琳娜他們全都逼得倒退數步，無法再接近阿方索。

與此同時，托着龍宮的整片萬卷雲海都震顫着發出轟鳴，所有的化石雲都失控地移動起來，地動山搖間，居民們無法站立，一個個前仰後合地跌坐在地，有眼尖的居民看清露台上的狀況，龍宮頃刻陷入一片震驚和嘩然：

「天哪，王子殿下開啟了炎龍之魂！」

「龍宮要沉到地面上去了！」

「我寧願死在冬眠日裏，也不願意被人類折磨！」

「住手，王子殿下，你無權替我們作這個決定！」

「逃離這裏，快逃離這裏！」

「我寧可死也不要去地上！」

事態一發不可收拾，在強烈的恐慌和憤慨之下，龍宮居民的情緒開始失控。他們驚恐地朝着化石雲團的高處爬去，一時間你踩我，我踏你，不少居民失足跌落，哀號聲響徹雲海。

照這樣下去，不等龍宮下沉到地上，龍宮裏的居民們就要因為內亂而死傷無數！餃子三人絕望地相互對望，沒想到事情會朝着最糟糕的方向發展⋯⋯怎麼辦？

千鈞一髮之際 ──

「布魯！」四不像跳了出來。它渾身的雜毛根根豎起，毫不畏懼炎龍之魂射出的熾熱火舌，瞪大銅鈴眼衝向阿方索，狠狠

一口咬向他拿着炎龍之魂的右手。

「啊!」阿方索吃痛地鬆開手,炎龍之魂掉到地上,龍宮的晃動一下子減輕許多。

「王子殿下!」努爾曼大叔和賽琳娜忙跑過去扶起阿方索。

四不像搶在阿方索之前撿起腳邊的炎龍之魂,啊嗚一口吞進腹中!

雲海國的魚龍公主
MONSTER MASTER 8

新世界冒險奇談
第十八站 STEP.18

甦醒的炎龍之魂
MONSTER MASTER 8

燃燒的四不像

　　在龍宮即將沉到地上的危急關頭，四不像居然一口吞掉了炎龍之魂！

　　大家都目瞪口呆地看着這隻不按常理出牌的醜八怪怪物，賽琳娜三人更是緊張不已。雖然四不像以前也會吞下各種元素石，可是炎龍之魂和那些普通的元素石不一樣，那可是焰角·羅倫留下的東西，裏面隱藏着相當驚人的炎能量啊！

　　四不像能駕馭得了炎龍之魂嗎？

「布魯、布魯!」起反應了!四不像拚命地拍打着耳朵,一個接一個地打起嗝,就像消化不良一樣,露出極其痛苦的表情。

「四不像……」賽琳娜擔心地想要上前,被餃子拉住。

「別過去!」餃子皺着眉頭說。

「大家都退後!」帝奇冷靜地提醒道。

大家在賽琳娜三人的要求下,剛往後退了兩步,四不像就變樣了!

熊熊的火焰從它的身體裏冒出來,將它整個包裹在內。刺眼而又灼熱的火舌貪婪地舔舐着四不像的毛髮,奇怪的是它看上去並沒有被灼傷,而是用力地鼓起肚皮,就像被吹脹的氣球在等待一次徹底的釋放。

「不可能,」阿方索難以置信地看着四不像,愕然地說,「這隻怪物怎麼會知道如何解開炎龍之魂的封印?」

「四不像解開了炎龍之魂的封印?」賽琳娜三人吃驚地問。

「當初焰角.羅倫大師留下炎龍之魂的時候,在上面加了一道封印銘文並將它鎖在英雄之路上,只有魚龍族的後代才能將它從那裏取走,也只有魚龍族的後代才能解開炎龍之魂的封印。解開封印的鑰匙就是我們右手中指的三滴血!」阿方索不可思議地看着四不像,「剛才它咬破我的右手中指,將沾着我的血的炎龍之魂吞進肚子!現在,炎龍之魂的所有能量都在它身體裏釋放了!」

「這麼複雜的事情四不像怎麼可能知道?這應該只是巧合。」餃子推測道。

「阿方索殿下，炎龍之魂的能量究竟有多大？」賽琳娜忐忑地問。

「炎龍之魂裏面封印了火元素始祖炎龍的一半能量，破壞力驚人！」阿方索如臨大敵地說，「這隻怪物能夠駕馭那麼大的能量嗎？接下來會發生甚麼事我已經無法預測了……」

轟——四不像體內源源不斷湧出的能量終於爆發了！它的身體瘋狂地變

大，超過了巴巴里金獅，超過了體形龐大的大馬哈士魚，露台容不下它了。

不光是身體，四不像的樣子也變了，頭上那對可笑的芭蕉形角在拚命地膨脹，變成一對烏黑色的巨型犄角；它的嘴也變長了，裏面佈滿青灰色的獠牙；小短腿變成粗壯有力的獸爪；身上髒兮兮的鐵鏽紅色毛髮變成威風凜凜的紫紅色，好像一團燃燒的火雲；那團像兔子尾巴一般短小的棉花團尾巴迅速拉長，變成一條鋼鐵般的龍尾！

不管從哪一點來看，四不像都好像被炎龍附身了，變成一個長着犄角、獸爪和龍尾的「四不像」怪物！

這隻怪物威風凜凜地轉過身，猛地一蹬地，撲向空中，飛了

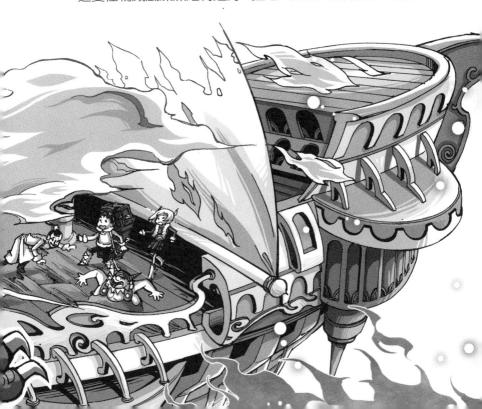

起來！

「嗷嗷嗷 ——」怪物發出雷鳴一般的吠叫，朝着逐漸升高的方舟衝了過去。

「媽呀！這是甚麼鬼東西？」就聽到方舟上傳來愛克斯團長一行人的叫喊聲，「快！用霜凍炮射擊！」

轟 ——方舟頭部的龍首咧開大嘴，一顆巨大的霜凍炮射向怪物。

「嗷嗷嗷 ——」怪物張開大嘴，一道炙熱的火球如同閃電一般飛出，在空中直直地迎向霜凍炮。

砰！霜凍炮頃刻粉身碎骨，但刺透霜凍炮的火球依然威力不減，轟的一聲擊中方舟的龍首。堅固無比的龍首應聲折斷。

形勢瞬間逆轉！愛克斯團長一行人難以置信地看着這一幕，露出驚恐萬分的神情。

「四不像？好帥啊！」空中傳來布布路驚喜又錯愕的叫聲，他居然一眼就認出變身的四不像，「不過，你怎麼變成這個樣子了？」

但變成怪物的四不像好像根本聽不到布布路的話一樣。它奮力一蹬，颶風一般地衝向方舟，張開大口，一團紫紅色的灼眼雷光噴射而出，擊中方舟的帆布！

「好厲害的閃電啊！」布布路看呆了，這真的是那個貪吃的怪物放出的嗎？

這一次，方舟再也承受不住了，桅桿被閃電劈得粉碎，帆布也被灼熱的能量摧毀，變成焦黑的飛灰。

惡有惡報

「哇啊啊啊 ——」失去重心的方舟急速下降，筆直朝着皇宮的方向砸了下去，愛克斯團長一行害怕地抱成一團。

「不好，這樣掉下來，方舟上的人魚和魚人孩子，還有布布路和赫拉拉都會受傷的！」賽琳娜緊張地看着目前的危急情勢。

「不！方舟上還有我的孩子！」

「我的孩子也在！」

「太可怕了！」

「要是那個大傢伙從那種高度掉下來，皇宮會被砸塌的！」

龍宮居民們的心全都提到嗓子眼。

「四不像，托住方舟！」在驟降中，掛在藤條上搖搖欲墜的布布路大聲地向四不像傳達命令。

可是，變成怪物的四不像能聽到主人的呼喊嗎？

「嗷嗷嗷！」奇跡發生了！怪物掉轉了方向，張開巨大的嘴巴，一口咬住急速下落的方舟。方舟尾部的驅動輪被它咬得粉碎，值得慶幸的是方舟下降的速度被拖慢了。但是，大概是受力不均，方舟開始朝一頭傾斜。包裹着人魚和魚人孩子的漁網順着甲板滑了下去。

「我的孩子！」看到漁網滑出方舟，底下的龍宮居民們發出恐懼的尖叫。

「藤條妖妖，藤網出擊！」餃子大喝道。

「水精靈，巨型水球！」賽琳娜也指揮着水精靈朝空中噴射

出巨大的水球。

　唧——

　咕——

　一張巨大的藤網穩穩地接住從空中墜落的人魚和魚人孩子們，同時，一個巨大的水球浮現在方舟和皇宮之間，轟的一聲，方舟撞在水球上，巨大的撞擊力被水球化解，並反作用在方舟上。方舟被彈開了。

　與此同時，布布路爬上方舟，衝進駕駛室。

　「大姐頭是用這個調整方向的！」布布路用力拉動手柄，方舟改變原先的軌跡，穩穩地落在皇宮露台旁的護城河上。

　「不好，快逃！」窮途末路的愛克斯團長一行紛紛跳下方舟，

企圖逃跑。誰料他們剛爬上岸，就被三個身影擋住去路。

「往哪裏跑！」賽琳娜憤怒地瞪着他們，「水精靈，高壓水柱！」

賽琳娜一聲令下，三道水柱射向愛克斯團長及他的兩個手下小丑和巨漢。

「這下總算可以報仇雪恨了！」餃子不懷好意地說。

帝奇冷冷一揮手，巴巴里金獅一聲怒吼撲向飛刀傑克。

「哇啊啊 ——」頭重腳輕的怪人們毫無招架之力，瞬間被制伏了。

藤條妖妖的藤條將四個人結結實實地捆了起來。

隨即，餃子三人爬上方舟的甲板，將人魚和魚人的孩子們成功解救。一時間，整片萬卷雲海迴盪着激動的哭聲和對布布路一行勇敢舉動的讚美聲。

「快！赫拉拉還吊在方舟下面！」布布路安然無恙地從駕駛

室裏衝出來。四人齊心協力拉起吊住巨網的繩索，將巨網拉了上來。

臉色蒼白的赫拉拉被解救出來，像溺水之人得救一般，大口大口地吸着氣。

「把這些該死的怪人抓起來，統統處死！」萊特隊長怒不可遏地說，「竟敢冒犯公主殿下和綁架龍宮的居民！應該判他們死刑！」

「饒命啊，我們再也不敢了！」愛克斯團長一行匍匐在地上，磕頭求饒。

「等一等，」赫拉拉開口了，「他們雖然很可惡，但是我和孩子們都沒有受傷，就按照龍宮的法律將他們終身囚禁吧！」

赫拉拉的寬容讓布布路他們都對她豎起大拇指。

儘管有些不情願，萊特隊長還是聽從了赫拉拉的意見。

「甚麼，終……終身囚禁？」聽到了對自己的宣判，愛克斯團長臉色慘白地發出一聲尖叫，昏了過去。

「四不像呢？」布布路從方舟裏衝了出來。

「是啊，四不像到哪裏去了？」赫拉拉也左右環顧，「是它救了我們，我要好好感謝它！」

赫拉拉話音剛落，就聽頭頂傳來轟隆一聲巨響。

「你們快看！四不像不太對勁！」賽琳娜指着天空叫道。

「嗷嗷嗷！」大家順着賽琳娜手指的方向看去，就見四不像發瘋地在空中游走着，發出痛苦的吼叫，一次次用頭撞向化石雲團。

整個龍宮都在四不像的撞擊下微微顫抖着。

「四不像，快回來！」布布路着急地朝着空中大喊。

但四不像根本聽不進去。

「一定是炎龍之魂的能量太巨大了，四不像的身體無法駕馭，所以失去了心智。」餃子擔憂地推測。

「笨蛋！」帝奇看着高空中瘋狂自虐的四不像，駕馭不了那麼強大的東西還硬要吞，這種魯莽、一根筋的行為簡直和它的主人如出一轍！

這是成為怪物大師的必經之路！！！

尊敬的讀者：現在你跟隨布布路一起踏上了成為怪物大師的道路！向所有的困難發起挑戰吧！

預備生年度鑒定考核

Q09 ＿＿＿＿是一種長有七彩葉子，能結出彩虹翅果的植物。它被稱為死亡之草，同時又是傳說中的夢幻調味料。（怪物基礎知識填空題）

答案在本頁底部，答對得3分，你答對了嗎？

布布路： 我要提問，雲吞你可以告訴我們一些安全卻口味獨特的調味料嗎？尤其是撒在烤肉上的香料，等下我們要和雙子導師一起開烤肉會！

雲吞： 記得在極樂園裏我們看到過的勁爆甘椒嗎？將它磨成粉撒在烤肉上，那味道真是……一定會讓你畢生難忘！

布布路： 真的嗎？那我一定要試試看。（跑走）

雲吞： 怎麼就跑了？我還沒說完呢！吃了勁爆甘椒調味的烤肉，最起碼會三天都變烤香腸唇啊，那辣可是喝一缸水都解不掉的！

一小時後，雲吞的話得到了證實……

完成這個測試後，你可以鑒定自己是否具備了成為怪物大師的能力。

測試結果就在第八部的210，211頁，不要錯過哦！！

答案：毒浪草

雲海國的魚龍公主
MONSTER MASTER 8

龍宮

新世界冒險奇談
第十九站 STEP.19
心意相通，布布路的呼喚
MONSTER MASTER 8

💙的羈絆

　　四不像的身體無法承受炎龍之魂的巨大能量，痛苦得一次次用頭撞擊化石雲團。再這樣下去，它遲早要把自己撞死！

　　四不像阻止了幻海之星馬戲團作惡，救下了赫拉拉，挽救了混亂的龍宮，可是，要怎麼才能救四不像呢？

　　「可惡！」布布路痛心疾首地一拳捶在地板上。

　　「喂，你不是他的主人嗎？」帝奇提起布布路的衣領，「你試着用心叫它，如果你們心意相通，它會回應你！」

這種危急時刻他們真的能心意相通嗎？餃子和賽琳娜一臉擔憂。

「好，我試試！」布布路閉上了眼睛。

他回想着最初將四不像從時空盡頭召喚過來的心意……是的，他們就從來沒有過默契！四不像似乎從來不聽布布路這個主人的話，布布路也根本管不住愛搗亂的四不像……

但是，他們一路打鬧一路成長，早就成為不可分割的同伴了！

突然，布布路滿臉淚痕地睜開了眼睛。

「我聽到了，」布布路用手緊緊地抱着頭，就好像要拚命抑制住腦袋裏的甚麼東西似的，「我聽到了四不像的聲音，它很痛苦……它……它在向我求助！」

這是第一次！布布路第一次和四不像心意相通了！

「我要去幫它，」布布路掙扎着站起來，朝赫拉拉走去，「赫拉拉，你能變身把我送到四不像那裏去嗎？」

「可是，公主殿下的身體還很虛弱，而且那上面那麼危險，萬一公主殿下受傷了怎麼辦？」萊特隊長立刻反對。

「不！我去！」赫拉拉堅定地說，「四不像之前救過我！而且它這樣撞下去，龍宮也要被撞壞了！」

「等等！」一個蒼老的聲音在他們後面響起來，就見龜丞相從居民羣中一臉嚴肅地走出來。

「這隻老烏龜一定又要頑固了！」餃子立刻產生不好的預感。

沒想到龜丞相卻從懷裏掏出一個晶瑩剔透的渾圓珠子，交到布布路的手上，說：「這是『定海神珠』，是炎龍之魂的容器，

可以用它將炎龍之魂收回來。你要小心一點！」

「謝謝！」布布路真誠地向龜丞相道謝。

「龜丞相，」萊特隊長大驚失色，「那可是龍宮的鎮海之寶啊，你怎麼能把它交給人類呢？」

「無論是甚麼東西，都只有在龍宮存在的時候才有用，如果龍宮被毀了，它就只是一顆沒有價值的珠子了，」龜丞相意味深長地說，「而且我相信這個人類！」

萊特隊長撇撇嘴，不再說話了。

「龜丞相，剛才冒犯了……」阿方索滿懷歉意地看向龜丞相，「努爾曼大叔是在我的授意下才……襲擊您的。」

「不需要向我道歉，王子殿下，」龜丞相深深地看了阿方索一眼，「老臣明白，我們都是為了龍宮好，只是看法略有不同！」

說話間，一條巨大的冰藍色魚龍破水而出。赫拉拉變身了！在她衝向天空的同時，布布路高高躍起，騎在她的脖頸上，雙手緊緊地握住龍角。

赫拉拉載着布布路起飛了。龍宮再一次沸騰了，居民們噙着眼淚，看着公主馱着布布路勇敢地飛向狂躁的怪物。

「快看，公主殿下沒事！棺材小子也沒事！」

「公主殿下和棺材小子要去制止那隻怪物嗎？」

「嗚嗚，公主殿下和棺材小子都是為了我們！」

「雖然我很討厭人類，但我覺得棺材小子人很好啊……」

「棺材小子，拜託你了！一定要阻止那隻怪物，照顧好公主殿下！」

群情激奮的呼喊迴響在龍宮的上空。不光是這裏的居民，還有賽琳娜三人、琪琪、阿方索、龜丞相、萊特隊長、反叛軍和皇家衛隊，大家都目不轉睛地看着飛向高空中的赫拉拉和布布路，身體裏的每一個細胞都在祈禱、希冀……

勇氣是前進的力量

氣流呼呼地從布布路耳邊颳過，此刻他聽不到大家的呼喊聲，腦中只有四不像痛苦的哀嚎。

「四不像，不要怕，我來了！」布布路朝着那個紫紅色的巨大身影大叫。

四不像猛地一回頭，朝着赫拉拉和布布路發出震耳欲聾的怒吼。

天哪！布布路第一次見到這麼可怕的四不像！它渾身上下都在燃燒！紫紅色的毛髮被滾燙的熱焰激得根根直立，銅鈴般的眼睛裏迸出憤怒的火星。巨大的嘴張開之後，刺刺作響的雷電蓄勢待發，準備攻擊所有靠近它的東西。

「布布路，四不像的氣息非常亂，它克制不住身體裏的巨大能量，想要發泄，現在攻擊性非常強！你打算怎麼做？」赫拉拉對布布路說。

布布路指着一處更高的地方說：「你能帶我飛到那裏去嗎？」

「沒問題！」赫拉拉勇敢地朝着布布路所指的方向飛去。

「四不像，跟我來！」布布路朝着四不像大喊。

「嗷嗷嗷 ——」四不像動了。它憤怒地撲過來，好像並不是因為聽到布布路的呼喚，而是迫切地要攻擊這兩個挑釁自己的傢伙。

在布布路的要求下，赫拉拉拚命地愈飛愈高，愈飛愈高。四不像緊緊地追在後面。

「他想做甚麼啊？」一直在地上觀戰的萊特隊長最先沉不住氣，「他把公主殿下帶到愈來愈危險的境地了！」

「不，」餃子若有所思地回道，「他們想將四不像帶離龍宮，愈遠愈好，以免傷及龍宮。」

賽琳娜忍不住暗暗祈禱，布布路和赫拉拉千萬不能有事啊！

「說到底，公主殿下都是為了我們！」幾個皇家魚人士兵哽咽了。

「公主殿下都可以那麼勇敢，為甚麼你們就不能再勇敢一點呢？」幾個反叛軍士兵悲憤地向龍宮居民喊道。

「是啊，如果大家都能夠再勇敢一點，也許您的計劃就能實現了，阿方索殿下。」龜丞相喃喃地回應。

大家都難以置信地看向龜丞相，他不是龍宮裏最固執的傢伙嗎？剛才的話是他說的嗎？

阿方索正要回應，突然被餃子打斷了。

餃子指着天空說：「不好，赫拉拉和布布路有危險！」

大家連忙朝天上看去，就見四不像周身都被雷電包圍了。那些雷電就好像是從它體內迸射出來的一樣。刺眼的紫光跳動着，在四不像的嘴巴處匯聚成一個灼熱而又耀眼的雷光球，眼

看就要朝着它前面的赫拉拉和布布路釋放！

　　此時，赫拉拉和布布路已經到達了萬卷雲海的最高處，再往上就是空氣異常稀薄的外圈雲層了。

　　刺啦 ——一顆巨大的雷光球從四不像的嘴裏噴出，險險地擦過赫拉拉，朝外圈雲層衝出去。

　　太好了，下面的萬卷雲海沒有受到任何的影響。布布路鬆了一口氣，順着赫拉拉的身體一直溜到她的尾部。

　　「就是現在，赫拉拉，拜託了！」布布路大叫一聲。

　　「可是，四不像身上還有雷電！」赫拉拉不放心地說。

　　「快！」布布路堅定地大喊。

　　赫拉拉一個猛烈的甩尾。布布路被準確地拋向狂躁的四不像。

刺啦啦 —— 雷電包裹着四不像的身體，在強大的電場作用下，它朝着布布路瘋狂地嘶吼着，血盆大口一口就能將布布路吞下。

「四不像！我是你的主人！」布布路朝着四不像撲去，眼睛直視四不像迸射着電光的紫色眼眸，將心中的想法都喊出來，「我能聽到你的心聲，你一定也能聽到我說話！四不像，你聽着，我是你的主人，是你的同伴！我永遠永遠都不會丟棄你！無論是多麼可怕的事情，我都會跟你一起面對！四不像，聽到沒有？你可以依賴我！」

「嗷嗷嗷 ——」回答布布路的是四不像充滿攻擊性的怒吼。

刺啦啦 —— 愈靠近四不像，布布路就愈能感覺到灼熱的電流朝他逼近。

但是沒有退路了！

「四不像，」布布路咬緊牙關，不顧四不像身上劈啪作響的可怕電流，在靠近它的那一刻，緊緊地抱住它的頭，「雖然你貪吃又不聽話，動不動就咬人，還老愛惹麻煩……但是你也救過我們大家好多次！嘿嘿，有時候我覺得我們真的好像呢，我一點都不後悔從時空盡頭召喚了你！跟你在一起的日子，我真的覺得很開心！我想要跟你一起成為像焰角‧羅倫那樣了不起的怪物大師！所以，快醒過來吧！四不像！」

四不像咧開嘴，一個炙熱的電光球迸射而出，強大的電流讓布布路痛苦得幾乎窒息，在失去意識的瞬間，布布路拚盡全力將「定海神珠」送進四不像口中……

新世界冒險奇談
第二十站 STEP.20
再見，龍宮
MONSTER MASTER 8

提前的冬眠日

「四不像！」布布路大喊一聲，從床上彈起來，「哎喲！」

身體好重，像被大石頭壓着！布布路猛一睜眼，發現身上纏滿厚厚的繃帶，活像一具木乃伊！

「布布路，你還不能動！」賽琳娜一把將布布路按回床上。

「布布路醒了？」在另一張床上打盹兒的餃子衝過來。靠着巴巴里金獅休息的帝奇驀地睜開眼。琪琪也湊過來，她現在已經能適應用雙腿走路了。

「四不像呢?」布布路打量四周。

「別擔心,它在那兒!」帝奇指了指一旁,四不像已經變回原樣,正不耐煩地撕咬着裹在它身上的繃帶。

「你昏過去之後,四不像接住了你,」餃子將之後發生的事告訴布布路,「它把你馱回來,吐出包裹着炎龍之魂的定海神珠,然後就變回原樣了。」

這下布布路放心了,但隨即他又掙扎着想起來:「赫拉拉怎麼樣了?」

一陣沉默,大家好像都刻意迴避布布路詢問的目光,將視線投向窗外。

「外面……下雪了?」布布路驚訝地說。他這才發現窗外風雪大作,龍宮覆蓋着一層薄薄的雪。

「冬眠日提前降臨了!」一個沉重的聲音回答了布布路的疑問,門開了,阿方索和龜丞相一起走進來。兩人的臉色都很難看。

「提前降臨了?」布布路不解地問。

「是的,」龜丞相歎了口氣,「炎龍之魂蘊含着巨大的能量,使用的時候要特別小心,只可惜……這次因為炎龍之魂的影響,萬卷雲海周圍的氣候發生變化,雖然四不像阻止了雲海的下沉,但嚴寒之冬卻提前到來了。」

「如果想要再次使用炎龍之魂的話,至少需要等五十年,我的計劃徹底失敗了。」阿方索沉重地低下頭,「都怪我,如果不是我那麼衝動,冬眠日就不會提前降臨……」

「不能怪你，都是馬戲團那些怪人作祟，如果讓他們逃了，龍宮一樣免不了災禍，到時更加後患無窮⋯⋯」餃子試圖寬慰阿方索。

「冬眠日來臨了⋯⋯我們都還活着⋯⋯那赫拉拉⋯⋯」布布路反應過來了，滿屋子找尋赫拉拉的身影。

「布布路，龍宮只能靠魚龍公主的庇護才能安全度過寒冰期。」賽琳娜紅着眼圈說，「她需要閉關休養，接下來才能承受長時間的變身，現在不能見你。」

赫拉拉⋯⋯要為龍宮犧牲了嗎？布布路的心如同被揪起一般地痛。

阿方索忍痛說道：「你們的方舟毀壞了，回去的龍船是赫拉拉為你們準備的，她反覆叮囑我，務必要在寒冰期降臨之前送你們離開龍宮。」

「我不走！」布布路堅定地說，「我要陪赫拉拉到最後！」

「我們走之前無論如何都要見赫拉拉最後一面！」賽琳娜十分堅持地說。

「我之前⋯⋯誤會了她，還一直沒有好好向她道歉。」餃子既內疚又難過地說。

「每次都讓魚龍公主為你們犧牲，你們心裏就不慚愧嗎？」帝奇陰沉着臉問龜丞相，似乎在責怪他沒有早一點採用阿方索的計劃。

「沒有誰的心裏會好受，龍宮又欠下魚龍族一份情！」龜丞相沉重地歎口氣，說，「老臣不敢貿然採用阿方索殿下的計劃，

因為老臣的心裏還有一個大祕密沒有告訴過你們！」

龜丞相的祕密

龜丞相老淚縱橫地說：「老臣目睹了幾十代魚龍公主為龍宮做出犧牲，每一次都讓我痛心不已。但我並不是頑固不化的，我也曾經去過地上生活……」

大家都驚訝地看着龜丞相。

「可從小您就反對我提起地上世界，更反對我產生去地上生活的想法。」阿方索不相信地說。

「沒錯，我的確很害怕龍宮的居民去地上生活，」龜丞相沉痛地說，「那是因為我曾經親身經歷過……那真是一場可怕的災難！

「當年，因為十影王焰角・羅倫的事跡，龍宮裏不少居民對人類改變了看法。於是，焰角・羅倫鼓勵我們重新回到地上，回到自己的故鄉，他會保護我們……阿方索殿下，您的父親魯尼埃殿下動心了，在他的號召下，老臣跟隨他，成為那一批前往地上世界生活的先行者，我們希望用事實來勸說其他居民加入我們。」

「那後來呢？」阿方索急切地問道。

「我們到了地上之後，深深地體會到人類是多麼蔑視我們。的確，作為魚龍族的後代，人類的進化程度要遠遠高於我們，不把我們當人看，更不願意跟我們分享地上世界的資源。我們和人類不斷發生衝突，雖然基本都被焰角・羅倫化解了，但他

畢竟不能面面俱到。為保護我們，他留下炎龍之魂，不過最初他並沒有設定只有魚龍族才能開啟炎龍之魂，只是告誡我們炎龍之魂具有巨大的能量，不到萬不得已的時候不要使用。

「於是，悲劇就這樣發生了。一天夜裏，一些被人類欺侮的人魚和魚人偷走了炎龍之魂，當魯尼埃殿下和我趕到的時候，炎龍之魂已被他們釋放，一座人類村落淪為火海。為保護人類的安全，魯尼埃殿下衝進火海，用『定海神珠』克制了炎龍之魂，可是殿下卻被炎龍之魂灼傷，悲壯地犧牲了⋯⋯

「臨死前，他說，儘管有些人類是不友好的，但我們畢竟來自同一祖先，導致我們無法共處的根源只是彼此缺乏瞭解，比如很多像焰角‧羅倫一樣的人類，就一直為了增進不同種族之間的融合而努力不懈，還有我們的祖先——魚龍族，每一代的魚龍公主都用自己的生命去為我們換取和平。如果人魚和魚人們用加倍的仇恨去回應人類，那麼種族之間的仇恨將永遠無法化解，那就辜負了焰角‧羅倫，辜負了祖先魚龍族以及無數渴望和平的人做出的努力。於是，魯尼埃殿下封印了炎龍之魂，加以限制，變成只有皇族魚龍才能使用它，並交給我妥善保管。魯尼埃殿下是為了保護人類、人魚和魚人這三個種族而犧牲的，為了我們這些後代，祖先魚龍族付出的實在是太多了⋯⋯

「那次地上世界的生活就這樣以失敗告終。老臣明白了，並不是光靠勇氣和膽識就能和人類共處的，千百年的仇恨和嫌隙，讓我們幾乎忘記甚麼是寬容和原諒，如果有一方的人放不下仇恨，哪怕是一絲絲仇恨的種子，最終的結果都會是毀滅性

的……所以，老臣萬萬不能同意阿方索殿下的計劃，因為這實在太冒進了！龍宮的百姓們還沒有準備好，他們需要時間……老臣不想再看到更多的犧牲了……」

龜丞相結束長長的講述，大家都陷入沉默中。最後，阿方索開口了：「我錯怪您了，龜丞相！您放心，我不會氣餒，我要在龍宮建立講堂，將我在地上世界周遊的見聞全都講述給居民們聽，告訴他們，人類也在進步，他們也在嘗試着了解我們，總有一天，我們的心願會實現的！」

「阿方索殿下，老臣也無比期待那一天的到來！」龜丞相欣慰地說。

一隻蒼老的手和一隻年輕的手緊緊地握在一起。

涙之畢業禮

在冬眠日降臨之前，布布路他們終於見到了赫拉拉。她已變成一條無比巨大的魚龍，大得能把整個龍宮都裝下！

萬卷雲海上空風雪肆虐，外環之海成了一個可怕的大冰窖。最後一批龍宮的居民也安全地被赫拉拉吞入腹中。為此，她耗光全部氣力，奄奄一息地蟠伏在龍宮上方。

「赫拉拉——」布布路他們頂着風雪，陪伴着赫拉拉，心痛得說不出話來。

「我的朋友們，謝謝你們陪我到最後，」赫拉拉轉動巨大的龍頭，聲音虛弱地向布布路他們道謝，「可以為我唱一支歌嗎？」

「好的！」賽琳娜用力擦乾眼淚，唱起在琉方大陸流傳百年的英雄歌謠——

吟唱吧！這是英雄的傳說！
歷史的洪流在百年輪迴間重臨琉方大陸，
藍色滿月懸空之時，
天之彼端的故事方才開始——

不要害怕！不要畏懼！
英雄啊，請你飛越深重的黑暗，
跨過縱橫飛嘯的電光，
穿過震耳雷鳴的迴廊，
突破生與死的界限，
推開這道命運之門，
踏上那座夢幻的蔚藍飛島——「恆空之都」吧！

追尋着幸福與自由的人啊！
美麗的樂園啊，即將消逝，
從此無歸處，
從此無歸處。
吟唱吧！為了樂園中的人們，
請用勇氣和正義唱完最後一支守衛之歌！
只要善良之心存在，恆空之都必將永不毀滅！

　　布布路三人哽咽地附和着大姐頭的歌聲，唱到喉嚨沙啞，泣不成調，赫拉拉卻滿足地說：

　　「這是我聽過的最美妙的歌聲……謝謝你們，我最可愛的朋友們。其實我一點都不勇敢，哥哥『去世』之後，我一直很孤獨。當龜丞相告訴我公主要肩負的責任後，我害怕極了。眼看冬眠日要來了，我沒有勇氣面對殘酷的命運，所以偷偷逃出龍宮。很對不起，第一次見面的時候我用網偷襲你們，因為方舟撞上的那具龍骨是我母親的屍體，我去祭拜她，是想獲得一點勇氣……不過現在我一點都不害怕了，因為我知道自己並不孤單，你們給了我面對命運的決心和力量……

　　「還有，龍門上的那些貝殼、珊瑚，都是我裝上去的。所以不要說難看啊！這才不是品味差，只是我太寂寞了，想要多看些五彩繽紛的東西。」

　　「赫拉拉，你是我見過的最勇敢的人，最最偉大的公主……」布布路淚流滿面。

　　「布魯！」四不像的鼻涕和眼淚全都蹭到了赫拉拉身上。

　　「赫拉拉，你的勇氣一定會傳達給龍宮的子民們的！」大姐頭的眼淚像斷了線的珠子。

　　「相信阿方索一定不會讓你白白犧牲！」餃子哽咽着，順勢推了帝奇一把，「帝奇，別裝酷了，跟赫拉拉說句話吧。」

　　「赫拉拉！」帝奇用十分堅定、肯定而確定的目光看着赫拉拉，「你是我見過的品味最好的人！」

　　帝奇說完，大家再也忍不住了，全都撲到赫拉拉身上失聲

痛哭起來 ——

　「赫拉拉，我們永遠也不會忘記你的！」

　「布魯！」

　……

　「謝謝你們，我的朋友，我好開心，好幸福，」赫拉拉微笑
着閉上眼睛，用盡最後的力氣，滿懷憧憬地說出最後的心願，
「朋友們，等度過漫長的寒冬，龍宮將春暖花開，我的子民們又
能安穩地生活了。哥哥會努力不懈，總有一天，他會帶領龍宮
的子民們重返自己的故土，和人類共同唱起這首動聽的歌謠。
哦，我多想親眼看到那一天……」

　「赫拉拉……」

　淚水模糊了布布路他們的雙眼，那一天一定會到來，魚人

人魚和人類會重歸於好，共同生活在廣袤富饒的大地上。可是，那一天赫拉拉再也看不到了⋯⋯

外環之海徹底凍結了，萬卷雲海上積滿厚厚的冰霜，寒冰期全面降臨了！

赫拉拉再也不會醒來了，龍眼中慢慢滑落下一顆晶瑩的淚珠，整個世界一片寂靜，魚龍公主留下深深的遺憾，但卻給所有人帶來不盡的勇氣和力量，讓人們燃起對未來的希望和對明天的憧憬。

冰封以肉眼看得見的速度迅速蔓延，布布路他們不能再停留，他們必須要離開了。

「赫拉拉，你放心！」布布路抱着赫拉拉的龍頭，用手抹去她眼角的淚滴，「我向你發誓，我將來一

定會成為一個優秀的怪物大師！等我再次回來的時候，一定會幫助阿方索一起徹底改變這一切！永遠、永遠都不會再有下一個魚龍公主犧牲了！赫拉拉，相信我，我一定會做到！」

餃子他們也用力地點頭，布布路的誓言也是他們每一個人的心聲，他們一定會成為像焰角‧羅倫一樣偉大的怪物大師，讓所有的種族都能和平共處，讓這個世界不再有戰爭，不再有仇恨，不再有犧牲，讓所有的孩子都有生存的權利！

「再見了，赫拉拉！再見了，龍宮！再見了，偉大的魚龍公主！」

四個夥伴帶着琪琪登上由阿方索為他們打造的小型飛行器，這是龍宮的能工巧匠不分晝夜用損毀的方舟材料趕製出來的。賽琳娜啟動飛行器的引擎，飛行器起飛了。它載着布布路他們飛過冰封雪蓋的萬卷雲海……

布布路他們都緊貼着舷窗，戀戀不捨地向下看去，赫拉拉龐大的身軀靜靜地盤踞在茫茫雲海之上，她看上去那樣安詳，就像睡着了一樣，沉靜而美麗，時間也似乎為她定格，赫拉拉最後的模樣，將永遠印刻在布布路他們的記憶裏。

飛行器在逝去的魚龍公主頭頂盤旋三圈後，毅然離開了。

小小的飛行

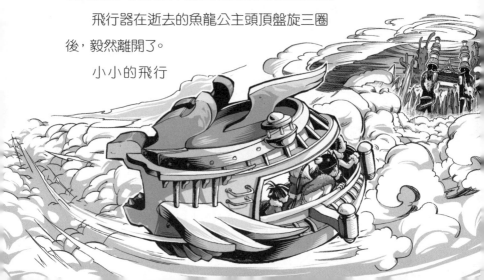

器載着布布路一行，載着哀傷和不捨，載着承諾和誓言，載着責任和希望，載着怪物大師的正義使命⋯⋯飛過神聖的外環之海，飛過最美麗的龍門，飛過磅礴的萬卷雲海，朝着琉方大陸上的北之黎飛去⋯⋯

尾聲

　　布布路他們重返摩爾本十字基地之後不久，就接受了琉方大陸發行量最大的報紙《新琉方日報》的採訪。餃子對此深感欣喜，記者剛進門，他就迫不及待地說：「你們真是有眼光，竟然發現我們的與眾不同，別看我們現在只是怪物大師預備生，但我敢保證，不出十年，不，不出五年，我們的名字將響徹琉方大陸。」

　　「真的嗎？那太好了，現在我們就開始吧。」記者拿出採訪工具，同樣迫不及待地詢問說，「聽說你們去了龍宮，這是真的嗎？傳說龍宮遍地金銀財寶，是世人心目中的桃源鄉？對了，你們是怎麼去到龍宮的？有沒有見到傳說中的魚龍族？」

　　「這⋯⋯」餃子沒想到《新琉方日報》是為此來採訪他們的，他不打算回答這些問題。

　　布布路猛然站起身，沉沉地說：「拋開這條無盡延伸的英雄之路，在繼續向前踏出的腳步中，我領略到生命的真諦。」說完，他大步離開。

　　「他在說甚麼？」記者滿頭霧水地發問。

雖然記者聽不懂布布路的話，但是餃子三人會心一笑。

「既然我們的核心人物都這麼說，我也只好照辦了。」餃子收起侃侃而談的架勢，站起身，嚴肅地說，「那是一個美麗的地方，因為那裏有一個了不起的英雄公主，所以請不要去打擾他們的生活。貪婪帶給人類的只有滅亡，記住智者……也就是我的忠告。」

「布布路，等等我們！」賽琳娜對着走遠的布布路喊道。

餃子三人走出會客室，帝奇由始至終連個「哼」字都沒有，顯然對這樣的採訪不屑一顧。

記者氣得一腳端在牆上，咬牙切齒地盯着四人並肩走遠的背影怒罵：「他們在搞甚麼鬼啊？難道他們的腦袋裏面都是稻草嗎？這可是千載難逢的出名機會啊！」

名聲、權力、財富……這些東西固然讓人垂涎三尺，但是在正義、理想、勇氣、犧牲、善良面前根本不值得一提。

布布路他們沒有打算將魚龍公主的祕密永遠藏在心中，恰恰相反，他們準備將這個動人的故事講述給自己的子孫後代，講述給藍星上所有心存正義的人們知道。

不過，現在他們最重要的是邁出第一步——成為一名優秀的怪物大師！

【第八部完】

預備生年度鑒定考核

Q10

請簡要描述一下巴勒絲國家從古至今三個時期的階級制度。（歷史簡答題）

答案在本頁底部，答對得10分，你答對了嗎？

布布路： 說起來不知道福特以及鐵蹄骨槍團的諸位最近怎麼樣？

帝奇： 追殺他們的賞金漲了，變成二百萬盧克。

布布路： 甚麼？為甚麼？巴勒絲現在很和平啊，那些貴族們也無私地捐贈出所有的個人財物重建巴勒絲，他們沒必要再打劫人家啦！

帝奇： 他們打劫的不是本地的貴族，而是連續打劫了幾個押送大批奴隸路經巴勒絲的奴隸商人，他們不僅解放了奴隸，還將那些奴隸收容在骨槍團內，導致好幾個商會聯合發了一份聲明，將追殺鐵蹄骨槍團的賞金額追加了一百五十萬盧克。

布布路： 幹得好！福特他們真是太棒了！

帝奇： 哦，我忘記告訴你了，被追加的一百五十萬中有一百萬是懸賞追殺他們的神祕老大，傳說中可以掌握光明神之劍的少年！

布布路： 啊？我……我嗎？（傻眼）

完成這個測試後，你可以鑒定自己是否具備了成為怪物大師的能力。

測試結果就在第八部的210，211頁，不要錯過哦！！

這是成為怪物大師的必經之路！！！

MONSTER MASTER

尊敬的讀者：現在你跟隨布布路一起踏上了成為怪物大師的道路！向所有的困難發起挑戰吧！

【鑒定考核結果】

分值在0—90之間的為吊車尾型

A 【吊車尾型】

咳咳，得到這個分數的同學要努力了！你是個不太能坐得住的人，好動、容易興奮、富有開拓性、對許多新鮮事物充滿了好奇心。行事時，本能會快過思維，也就是手腳快過腦子，這使得你有時會顯得比較衝動。日常學習中，對於實踐的訴求高過對於課本知識的吸收，希望你能平衡好這一點，以提出疑問的方式去面對知識點，相信在得到解答的過程中，你除了能掌握知識點外，最重要的是能對學習產生興趣。

代表人物：布布路

分值在91—126之間的為合格型

B 【合格型】

中庸大概是你的代名詞，或者說，你想給別人一個比較討巧的形象 —— 不特別討人嫌，也不特別招人喜歡，總之就是要看起來平淡尋常。平時會參與團隊活動，但並不是那個活躍氣氛的人，多半會默默地坐在一邊吃東西、做自己的事，又絕不會給人一種不合羣的感覺，反而會令人想要深入去瞭解。你有冷靜的判斷力，知道怎麼合理地分配時間和精力，對於學業的追求通常維持在滿足長輩的需求上，不激進、不拖後腿，並有所保留。希望你能擁有一顆更積極進取的心，有些問題其實你只要再多花一點點的時間，就能瞭解得更深入，不要因為感覺它很難，就隨意地放棄了。

代表人物：阿不思

這是成為怪物大師的必經之路

@MONSTER MASTER

備註：請在完整閱讀過『怪物大師』1·8部後，再來完成摩爾本十字基地的怪物大師預備生年度鑒定考核，這樣測試結果會比較準確哦！

【鑒定考核結果】

分值在127—162之間的為良好型

C 【良好型】

你骨子裏是個很認真的人，喜歡瞭解事情的來龍去脈，知識面廣博。當你對一個問題產生興趣後，你就會廢寢忘食地去鑽研它，查閱各種信息資料，直到攻克它！堅強、理智、承受是你的代名詞，平時樂意和同伴分享你新掌握的知識，並且擁有與同伴共同進退的意識。另外，當和同伴處於競爭的狀態時，你絕不會放水，而是全力以赴，希望彼此激勵，進而獲得更大的進步。

代表人物：餃子、賽琳娜

分值在163—180之間的為精英型

D 【精英型】

厲害哦，你拿的分數很高啊！

通常你不是個天才，就是個認真刻苦的好學生，或者兩者兼而有之。由於你經常處在一個頂點的位置，所以平日裏你會給自己多於旁人兩倍，乃至十倍的壓力。你的憂患意識比較重，經常會擔心自己在哪方面表現得不夠優秀，建議你學會適度地放鬆，做到勞逸結合，這樣才不會總是感到辛苦和疲累。

代表人物：獅子堂、帝奇

這是成為怪物大師的必經之路

MONSTER MASTER

備註：請在完整閱讀過『怪物大師』1-8部後，再來完成摩爾本十字基地的怪物大師預備生年度鑒定考核，這樣測試結果會比較準確哦！

Monster Warcraft

「怪物對戰牌」使用說明書

! 基本信息：單冊附贈 8 張卡牌。配合 1-4 部需送卡牌後升級至 4 人版嘍！

遊戲人數：4 人　　　遊戲時間：5 — 20 分鐘

「怪物對戰牌」升級了！
趕快叫上婷婷、扶幽、
虎鯊一起玩去！

1. 特殊物件牌區
2. 人物牌區
3. 怪物牌區
4. 手牌區

GAME START 成為『怪物大師』就要憑實力！

來場精彩的雙人對戰吧！洗牌開始！

——「怪物對戰牌」擺放規則——

【遊戲目的】

4 人遊戲開始前，玩家需確定自己的身份，一隊為挑戰方，一隊為迎戰方，以 2 對 2 的模式展開遊戲。

當以下任意一種情況發生時，遊戲立即結束：

（1）所有挑戰方死亡，則迎戰方獲勝

（2）所有迎戰方死亡，則挑戰方獲勝

【遊戲規則】

❶ 將人物牌洗亂，玩家抽取 1 張人物牌，確定自己的人物血量值。（人物牌的組合技能在 4 人對戰時適用）

❷ 將怪物牌洗亂，玩家抽取 1 張怪物牌，確定自己所擁有的怪物。

將怪物牌置於人物牌的上面，露出當前的血量值。（扣減血量時，將怪物牌右移擋住被扣減的血量值）

❸ 將其餘的基本牌、元素晶石牌、特殊物件牌等洗亂，作為牌堆放到桌上，玩家各摸 4 張牌作為起始手牌。

❹ 遊戲進行，確定先出牌的玩家從牌堆頂摸 2 張牌，使用 0 到任意張牌，加強自己的怪物或者攻擊他人的怪物。但必須遵守以下兩條規則：

◆ 每個出牌階段僅使用一次【攻擊】。

◆ 任何一個玩家面前的特殊物件區裏

Monster Warcraft

「怪物對戰牌」使用說明書

基本信息：單冊附贈 8 張卡牌。配合 1-4 部贈送卡牌後升級至 4 人版嘍！
遊戲人數：4 人　　遊戲時間：5 — 20 分鐘

只能放 1 張特殊物件牌。

每使用 1 張牌，即執行該牌上的屬性提示，詳見牌上的説明。

遊戲牌使用過後均需放入棄牌堆。

❺ 在出牌階段，不想出或沒法出牌時，就進入棄牌階段。此時檢查玩家的手牌數是否超過當前的人物血量值（手牌上限等於當前的人物血量值），超過上限的手牌需要放入棄牌堆。

❻ 回合結束，對手玩家摸牌繼續進行遊戲……直至一名玩家的血量值為 0（即死亡）。

❼ 出牌順序：若挑戰隊為首發玩家，則排名第二位的出牌玩家必須為迎戰方。雙方隊伍中玩家的出牌順序必須錯開。

❽ 判定的解釋：摸牌階段時，對要進行判定的牌需要先進行判定，翻開牌堆上的第一張牌，由這張牌的花色或點數來決定判定牌是否生效。

❾ 怪物牌翻面的解釋：在輪到玩家的回合開始前，若是你的怪物牌處於背面朝上放置的狀態，請把它翻回正面，然後你必須跳過此回合。

❿ 若遊戲未分出勝負，但牌堆的牌已經摸完，則重新將棄牌堆的牌洗亂後，作為牌堆繼續使用。

【怪物卡牌等級一覽表】

怪物名稱	屬性等級
四不像	D 級
水精靈	D 級
藤條妖妖	D 級
巴巴里金獅	C 級
金剛狼	B 級
一尾狐蝠	B 級
魔靈獸	A 級
泰坦巨人	S 級
蒼赤虎（影子版）	C 級
花芽獸（影子版）	C 級
龍膽（影子版）	B 級
露姬兔（影子版）	D 級
大聖王	B 級
九尾狐	D 級
騎士甲蟲	D 級
惡魔酷丁	D 級
塞隆鼠	B 級
帝王鴉	A 級
帕米魯格	A 級
般若鬼王	A 級

GAME START 成為『怪物大師』就要憑實力！來場精彩的雙人對戰吧！洗牌開始！

今年我們班上最流行的就是怪物對戰牌遊戲了！

Staff

宋巍巍 Vivison	【總策劃】
趙　婷 Mimic	■ 執行
黃怡崢 Miya 孫　潔 Sue 谷明月 Mavis 崔　靜 C・J	■ 文字
孫　東 Sun 周　婧 Qiaqia	■ 插圖
張芝宇 Dorris	■ 色彩
潘培輝 Jing 李禎棱 Kuraki	■ 灰度
雷　鴻 Led 丁　果 Vin	■ 設計

CREATED BY LEON IMAGE
Love & Dreams
MONSTER MASTER

[雷歐幻像] 作品
LEON IMAGE WORKS

□ 責任編輯：郭子晴
□ 裝幀設計：高　林
□ 排　版：黎品先
□ 印　務：劉漢舉

怪物大師
—— 雲海國的魚龍公主

□
著者
雷歐幻像

□
出版
中華教育

香港北角英皇道 499 號北角工業大廈一樓 B
電話：（852）2137 2338　傳真：（852）2713 8202
電子郵件：info@chunghwabook.com.hk
網址：http://www.chunghwabook.com.hk

□
發行
香港聯合書刊物流有限公司

香港新界大埔汀麗路 36 號
中華商務印刷大廈 3 字樓
電話：（852）2150 2100　傳真：（852）2407 3062
電子郵件：info@suplogistics.com.hk

□
印刷
美雅印刷製本有限公司

香港觀塘榮業街 6 號 海濱工業大廈 4 樓 A 室

□
版次
2015 年 12 月第 1 版
2017 年 5 月第 1 版第 2 次印刷
© 2015 2017 中華教育

□
規格
32 開（210 mm×140 mm）

□
書號
ISBN：978-988-8366-79-8